KB199542

원본

노천명 시집

시집

문혜원 주해

깊은샘

원본

노천명시집

문혜원 주해

깊은샘

머리말

노천명은 『산호림』(천명사, 1938), 『창변』(매일신보출판부, 1945), 『별을 쳐다보며』(희망출판사, 1953), 유고시집 『사슴의 노래』(한림사, 1958) 등 모두 네 권의 시집을 출간했다. 독립된 시집 네 권 외에 1949년 동지사에서 간행한 『현대시인선집』 제2권에 '노천명집'이 수록되기도 했으나 재수록된 시가 대부분이기 때문에 노천명의 개인 시집은 네 권이라고 할 수 있다. 그녀가 공식적으로 작품 활동을 시작한 것이 1931년이고 사망한 연도가 1957년이라는 점을 감안하면 시집 네 권 분량은 많은 것은 아니다. 그녀의 첫 시집은 등단 후 7년 만인 1938년에 출간되는데, 이것 또한 노천명의 작품 활동이 풍성하지는 않았다는 것을 보여준다. 여기에는 사회성이 적은 폐쇄적인 성격과 사회생활에서 오는 어려움, 기질적인 완벽주의 등 여러 가지 요인이 작용하고 있다. 그녀는 진명여고보 재학 시절부터 재원으로 이름난 인물이었지만 『조선중앙일보』 학예부 기자 등 사회생활을 하는 데는 많은 어려움을 겪었고, 그 사정을 수필이나 시에서 직접 표현하기도 했다.

널리 알려진 노천명의 시들은 그중에서도 첫 번째와 두 번째 시집에 실려 있는 것들이다. 「사슴」, 「장날」은 첫 시집인 『산호림』에 실려 있고, 「길」, 「망향」, 「푸른 오월」, 「남사당」, 「창변」 등은 두 번째 시집 『창변』에 실려 있다. 즉, 알려진 대부분의 시가 해방 이전 시기에 집중되어 있다. 노천명은 그 후에도 『별을 쳐다보며』, 『사슴의 노래』 등을 출간했으나 여기 실린 시들은 크게 주목을 받지 못했다. 세 번째 시집인 『별을 쳐다보며』는 재수록이거나 개작인 시가 많고 네 번째 시집 『사슴의 노래』는 행사시와 사회 참여를 주장하는 직설적인 시들이 많아서 독립된 작품으로서의 가치가 떨어진다. 이러한 점까지를 생각한다면 실제 노천명 시의 분량은 그만큼 줄어들게 된다.

과작임에도 불구하고 노천명의 시가 많이 알려져 있는 것은 그만큼 시의 성취도가 높기 때문이다. 『산호림』에 실려 있는 시들이 당시 모더니스트들의 시와 유사한 특징을 부분적으로 공유하는 것에 비해 『창변』의 시들은 시골적인 풍경과 생활을 보여주는 소재들을 선택함으로써 '풍물시'로 불리기도 한다. 두 경향은 상반된 것처럼 보이기도 하지만 공통점은 한자가 거의 없고 쉬운 우리말로 쓰여 있다는 것이다. 노천명의 시는 사변적이지 않고 진솔한 감정과 경험을 바탕으로 하고 있다. 이는 그녀의 시가 단순하다는 것이 아니라 그만큼 언어를 선택하는 데 공을 들였다는 것이다. 그녀의 대부분의 시는 해독되지 않는 부분이 거의 없어서 따로 주석을 달거나 사전을 찾아가며 시를 이해하려고 할 필요가 없다. 이 책이 다른 원본 시집에 비해 주석이 상대적으로 적은 이유는 그 때문이다.

그러나 그녀의 일제 말기 친일 행위에 대한 비판이 거세지고 한국 전쟁 중 부역 혐의로 수감 생활을 하게 되면서 노천명은 정신적 육체적으로 급속히 쇠약해지고, 그 여파로 시 또한 예전의 절제된 감각과 문제의식을 상실하게 된다. 친일적 색채가 두드러지는「승전의 날」,「출정하는 동생에게」,「진혼가」,「흰 비둘기를 날리며」등은『창변』초판본에 실려 있다가 삭제되었다. 때문에 이 책에서도 해당 작품은 수록되지 않았지만 친일 행위는 여전히 노천명의 오점으로 남게 된다.

세 번째 시집인『별을 쳐다보며』는 1. '별을 쳐다보며', 2. '囹圄에서', 3. '검정나비' 등 모두 3부로 되어 있다. 이 시집에는『산호림』과『창변』에 실린 시들이 제목이 바뀌거나 개작되어 있는 경우가 많은데, 이것들은 3부 '검정나비'에 모아져 있다. 또한 2부 '영어에서'는 제목에 나타난 것처럼 수감 생활을 소재로 한 시들만을 따로 모은 것이다. 수감 생활의 비참함과 고초를 주제로 하면서 자신의 행위에 대한 회의와 세상사에 대한 환멸 등을 담고 있다. 1부 '별을 쳐다보며'에는「별을 쳐다보며」,「아름다운 얘기를 하자」와 같이 서정적인 시도 있지만「무명전사의 무덤 앞에」,「북으로 북으로」,「조국은 피를 흘린다」,「상이군인」,「이산」처럼 전쟁을 소재로 한 시들이 실려 있다. 이것들은 자신의 부역 행위와 수감 생활을 만회하려는 방어적 기제가 작용하면서 정반대로 과도한 애국심을 나타내고 있다. 이 책을 기획할 당시에는『별을 쳐다보며』까지를 포함시킬 계획이었으나 재수록이나 개작 등 겹

치는 시들이 많다는 점, 2부 '영어에서'는 시집에서 제외되는 경우도 있다는 점, 포함시킬 경우 전체적인 책의 분량이 불필요하게 많아진다는 점을 고려하여 제외시켰다.

네 번째 시집 『사슴의 노래』는 노천명이 작고한 다음 해 유고를 모아 출간된 유고시집이다. 김광섭과 모윤숙이 서문을 썼고 시집 말미에 조카 최용정이 '이 시집을 내면서'라는 글을 첨가하여 출간에 관련된 사항들을 밝히고 있다. 이 시집의 시들에는 외부 세계와 단절된 자아의 위축감과 정신적인 고통이 종종 나타나고, 한편으로 「유관순 누나」, 「어머니날」, 「8·15는 또 오는데」 등 행사시적인 성격을 가진 시도 많이 포함되어 있다. 이 또한 『별을 쳐다보며』의 사회 참여시와 유사한 성격을 갖는다. 그 외에 개인 시집에 실려 있지 않은 시들이 있으나 원본 시집을 제시한다는 원칙에 따라 이 책에는 싣지 않았다.

노천명의 시를 모은 전집은 김광섭, 김활란, 모윤숙, 변영로, 이희승이 발행인으로서 1960년 천명사에서 발간한 『노천명전집』이 있고, 1997년 김삼주 편저로 문학세계사에서 출간된 『노천명』이 있다. 또한 1997년 김윤식, 김현자, 김옥순을 편집위원으로 하여 솔출판사에서 출간된 『노천명 전집』은 1권. 시, 2권. 산문 등 두 권으로 이루어져 있다. 천명사에서 출간한 『노천명전집』은 시인이 발표한 모든 시집의 시를 수록하고, 개인 시집 외에 『현대시인선집』에 실린 시 중에서 재수록이 아닌 시들을 '그외의 분'이라고 하여 따로 묶어놓고 있다. 또한 『별을 쳐다보며』 2부였던 '영어에서'를 분리해서 따로 수록하고 있다. 김삼주 편저 『노천명』은 『노천명전집』을 토대로 간행된 서문당의 『노천명 시집』에 준하여 '영어에서' 부분을 독립시켰다고 밝히고 있다. 시집 외에 평전과 연구 자료를 덧붙이고 있다. 솔출판사에서 출간된 『노천명 전집』은 원문을 현대어 표기에 맞게 바꾸고 한문을 괄호 속에 넣어 처리했고, 주석을 달아서 시의 이해가 용이하도록 했다. 시 외에 산문까지를 모아서 전집에 포함시켰다는 것이 특징이다.

　이 책은 이상의 전집들을 참고하는 한편 원본 시집의 형태를 그대로 살리고자 했다. 노천명은 고어나 사투리, 한자어를 많이 사용하지 않았기 때문에 시어 해석상 차이나 오류가 생기는 경우는 드물다. 그러나 출간 당시 원본 시집을 보는 것은 현대어로 다듬어진 시들을 대할 때와는 사뭇 다른 느낌을 준다. 노천명의 시는 언어로 표현된 내용만이 아니라 그것들이 형성하는 시의 전체적인 분위기 또한 매우 중요하다. 원본 시집을 대하면서 문면에 채 드러나지 않는 노천명 고유의 정서와 분위기를 짐작할 수 있을 것이다. 이 책이 후대 연구자들에게 노천명 연구의 유용한 자료가 되기를 바란다. 열악한 출판 여건에서도 힘들고 보람 있는 작업을 계속하고 있는 깊은샘 출판사의 용기와 의지에 감사와 경의를 표한다.

2012년 11월
문 혜 원

차례

머리말 • 5

산호림

창변

사슴의 노래

해설 • 363

산호림

詩

集

自 畵 像

五尺一寸五分키에 二寸이 부족한 不滿이 있다〉 부얼 부얼한2) 맛오

얼골이다 몹시 차보여서 좀체로 갓가히 하기 어려워 한다。

거린듯 숫한눈섭도 큼직한 눈에는 어울리는듯도 싫다만은……

前時代 같으면 환영을 받았을 삼딴같은 머리는 클럼지한소3)

않게 언처저 간얄핀몸에 무게를 준다。조고마한 꺼릿김에도

괴로워 하는 性格은 살이 머물지 못하게 虐待를 했을게다〉

● 『별을 쳐다보며』에 재수록. 여기서는 발표 연도가 1934년으로 되어 있다.
1. 척(尺): 길이의 단위로 약 30㎝에 해당한다. '자'와 유의어.
촌(寸): 척의 십분의 일로 약 3.33㎝에 해당한다. '치'와 유의어.
분(分): 한 치의 십분의 일로 약 0.333㎝에 해당한다.
그러므로 '오척 일촌 오분'의 키는 대략 155㎝이다. 여기서 '이촌'이 부족하다는 것은 대략 148㎝ 정도로 150㎝가 안 되는 작은 키라는 것을 말해준다.
2. 부얼부얼한:부드럽게 살이 찌거나 털이 많아 탐스러운.
3. 클럼지한:clumsy한, 꼴 사나운.

꽉닫은 입은 괴로움을 내뿜기 보다 흔이는 혼자 삼켜버리는 서걸푼 버릇
이있다 三온스의 『살』만 더 있어도 무척 생색나게 내얼골에 쓸데가 있는
것을 잘 알것만 무데지 못한 성격과는 妥協하기가 어렵다。
처신을 하는데는 산도야지 처럼 대담하지 못하고 조고만 유언 비어에 도
비겁하게・ 삼간다 때(竹)처럼 꺽거는 질지언정
구리(銅) 처럼 휘여지며 꾸부러지기가 어려운성격은 자금 자신을 괴롭힌다。

바다에의 鄕愁

記憶에 잠긴 藍빛 바다는 아드윽 하고

이를 그리는 情熱은 것잡지 못한채

낯선하늘 머언 뭇우에서

오늘도 떠가는 구름으로 마음을 달래 보다

지금쯤 바다저편엔 七月의 太陽이 물우에 빛나고

기인 航海에 지친 배의 肉重스런 몸둥이는

집씨—의 褪色한꿈을안고 푸른요우에 덩굴며

낯익은 섬들의 기억을 뒤척거리라……

푸른밤을 갈아 힌이랑을 뒤에 남기며

壯嚴한 出帆은 이아츰에도 있었으리……

늘실거리는 波濤—바다의 呼吸—힌물새—

오늘도 내마음을 차지하다———．

校 庭

흰洋屋이 푸른 나무들 속에

眞珠처름 빛나는 午後——

딱터 노엘의 조울리는 講義를 듯기보다 젊은 學生들은

건너편 포푸라나무우로 드높이 날리는 기빨보기를더좋아했다

鄕愁가 물이랑 처럼 꿈틀거린다

퍼덕이는 기빨에 異國情景이 아롱진다

지향없는 곳을 마음은 더듬었다

낯선거리에서 金髮의처녀를 만났다

깊숙히 드러간 情熱的인 그 눈이

異國少女를 凝視하면

「형제여!」

은근히 뜨거운손을 내밀리라

푸른 포푸라나무!

흰양옥!

붉은 기빨!

내制服과 함께 이처지지 안는 情景이여……

슬 픈 그 림

보라빛 葡萄알 처름 멸본 風景 ──

애드바른에는 ─ 아담과 이부時代 ─의 사진豫告다

아스파타가스처름 늘 산뜻한걸 질기는 시악씨

오얏나무 아래서 차라리 낮잠을 잣다

바느질 대신 아쁘리카種의 고양이를 떼리고 논다

구두를 벗고 파초入닢으로 발을 싸본다

허나 시악씨는 문뜩 무엇이 생각킬 때면

붉은 珊瑚 목거리도 버서 던지고

아무도 달낼수 없이 우러버리는 버릇이 있단다

도라오는 길

참아 못봐 도라서오며 듯는 汽車 소리는

한나절 山人골의 당나귀 우름보다 더 처량했다

鋪道우애 소리없이 밤안개가 어린다

마음속엔 곱비논[1] 슬픔이 덩군다

---

1. 곱비논: 고삐 놓은.

편ー한길에 거룹이 안걸려

몸은땅속으로 찾어들것만 갓구나

거리의 푸라타ー느2) 눈물겨운밤

일부러 六月앞 먼길로 돌앗다

길바닥엔 장미꽃이 피엇다ー사라젓다ー다시핀다

海底의 소리를 누가 드른적이 잇다더냐

---

2. 푸라타-느: 플라타너스

31 ·

菊花祭

들녁 傾斜진 언덕에 네가 없었든들

가을은 얼마나 寂寂 했으랴

아모도 너를 女王이라 부르지 안컷만

봄의 화려한 동산을 사양하고

이름 모를 풀틈에 석겨

외로운 절귀를 홀로 직히는 빈들의시악씨여

● 『별을 처다보며』에는 「들국화」라는 제목으로 실려 있다(발표 연도가 1932년으로 되어 있다).

가ㅡ른 꽃보다 부드러운 네마음 사랑스러워

거츠른 들녁에 함부루 두고 십지 안엇다

한아름 고히 꺽거 안고 도라와

책상우 화병에 너를 옴겨 놓고

거기서 맘대로 화창하라 비럿드니

들에 보든 그 生氣 나날이 없어 버리고

우슴거든 네얼골은 수그러저

빛나든 모양은 한닢두닢 病드러 가는구나

아츰마다 瓶이 넘게 부어주는 맑은 물도

둘녁의 한방울 이슬만 못하드냐?

너는 끝내 거츠른 둘녁 情든 흙냄새 속에

맘대로 퍼지고 멋대로 자랐어야 할것을…

뉘우침에 떨리는 미련한 손이

시들고 마른 너를 다시 안고

높은하늘 시언한 언덕 알에

품어 주려 나왔다 들국화야!

저거 너의 푸른 천정이 있다

여거 너의 포근한 가-ㄹ(蘆)1) 방석이 있다

---

1. 가-ㄹ(蘆) : 갈대. '갈-ㄹ 방석'은 갈대 방석.

幌馬車

汽車가 허리띠만한 江에걸친 다리를 넘는다

여기서부터는 내땅이 아니란다

아이들의 세간 노름1)보다 며 싱겁구나

● 『삼천리문학』 1938년 4월호에 발표.
1. 세간 노름: 세상 놀음, 세상 놀이.

幌馬車에　올라　앉아　아가위2)　썹쟈

카츄ー샤의　수건을쓰고　이러케　달니고싶구나

오늘의公爵은　따러오질　안어　심심할게다

---

2. 아가위: 산사나무의 열매

나는 여기ㅅ 말을 모르오

胡人의 棺이 널린 벌판을 馬車는 달리오

넓은벌판에 누쳐도 마음은 제생각을못노아

시가ー도 피울줄을 모르고

휘파람도 못불고……

낯선거리

꿈에서도 못본 낯선거리엔

이고장 말을 몰라 열없고

강아지 색기하나 낯익은게없다

오라는이도 없엇거니

가라는이가 없어서 설단다

● 『여성』1937년 6월호에 발표.

사람들이 홀너간 낯선거리엔

네온싸인이 밤을 陰謀하고 ─

─무─랑─의 매담은 잠이 왔다[1]

강아지 색기하니 낯익은게없다

가라는이가 없어서 섯단다 ─

---

1. 무─랑: '물랑' 이라는 주점 혹은 카페의 이름.

玉蜀黍[1]

우물ㅅ가에서도 그는 말이 적었다

아타사어되메로 잣다는 소문을드른채

올해도 수수밭 깜부기가 매여버렸다

---

1) 옥서촉: 옥수수를 가리키는 말인 '옥촉서'의 오식.

샛노란 강냉이둘 보고 묵이 메일제

울안의 박꽃도 번잡한 우슴을 삼갓다

수국 꽃이 향그롭든 저녁 ——

處女는 벌처럼 머언애기둘 삼켯드란다

43 ·

孤 獨

변변치 못한 禍를 받든 날

어린애 처럼 울고나서

孤獨을 사랑하는 버릇을 지었읍니다

繁雜이 이처럼 싱크러울때[1]

고독은 단 하나의 친구라 할가요

―――――――――

1. 싱크러울: 시끄러울(평남 방언).

그는 고요한 思索의 湖水人가로

나를 달래 데리고 가

내 이지러진 얼골을 비추어 줍니다

孤獨은 오히려 사랑시러운것

함부루 친할수도 없는것——

아무나 갓가히하기도 어려운것인가봐요

除　夕

올해도　마지막　가는　밤이어니

가는　나이　붓들고　우려볼가나

붓들고　매달려도　가겟거늘

가고야　말것을…………

이해 숨넘어 가는 밤이기에

한손에 燭불 들고 또 한손에

지난해 一삶의 記錄 마라줘고

꿈의 祭壇앞에 불살으려 나왔오

意志로 날넣고 情으로 씨넣어

이해의 一삶을낭 곱게곱게 짜렷든것이

빛나게도 짜렷든것이

이리도 거칠고 윤도 없구려

四月의 노래

四月이 오면 四月이 오면은⋯⋯⋯

香氣로운 라일락이 욱어지면

회색빛 우울을 거더 버리고

가지 안으려나 나의 사람아

저 라일락 아래로—— 라일락 아래로

푸른물 다담뿍 안고 四月이 오면

잔얄픈 脈搏에도 피가 더 하리니

나의 사람아 눈물을 것자

靑春의 노래를 四月의 精靈을

드높이 기운차게 불러보지 않으려나

앙상한얼굴의 구름을벳기고

四月의 太陽을 맞기 위해

다시 거문고의 줄을 골라

내 노래에 마추지 않으려나 나의 사람아!

가 을 날

겹옷 사이로 슴여드는 바람은

산산한 기운을 먹음고……………

드높아진하늘은 비로쓴드시깨끗한

맑고도 고요한 아츰——

●『조선중앙일보』 1934년 9월 23일에 「가을 아침」이라는 제목으로 발표.

예저기흐터저 축축이젖은

芳藥을 소리없이 밟부며

허리띄잡은 길을 내놓고

풀밭에 둘어 거닐어보다

53 ·

끈힐낙1) 다시 이어지는 버레소리
애연히2) 넘어가는 마듸 마듸엔
제철의 아픔을 짓드럿다

---

1. 끈힐낙: 끊일락, 즉 '끊어질 듯 말 듯'의 의미.
2. 애연히: 哀然히, 슬픈 듯하게

곱게 물든 단풍한잎 따들고

이슬에 저즌 치마짜락 힘싸쥐며 도라스니

머언데 汽車소리가 맑다

斷想

工塲의 싸이렌 寺院의 晩鐘

얼크러진 狂亂속에

또 하로해가 죽어간다

●『신동아』1932년 7월호에 발표.

끈 쳤다 이엇다 굵게 가늘게

목메여 우는듯 呼訴하는듯 또 원망하는듯

그윽하여라 寺院의 저녁 鐘소리

헛되히간 하로의 永訣을 告하는 우름인가

눈물 말은 빈 가슴 안고

죽어가는 이날을 吊喪할거나

너는 저 아우성치는 무리에게

무엇을 주고 무엇을 빼앗았었는고

질거움일까 나는 모르네

쓰라림일가 그도 모르네

다만 이날을 조상하는 晩鐘이 울때

헛장안되는 내달력의 앗까운한장을 또뜻노라

浦口의 밤

魔術師 같은 어둠이 꿈틀거리며

무거운 거름세로 기여드니

찌푸린 하늘엔 별조차 안보이고

바다ㅅ가 헤매는 물새의우름소리

엄마찾는듯……내 애를 끈네

● 『신동아』 1932년 10월호에 발표.

한가람 淸風 물위를 스치고 가니

기슭게 나루배엔 燈불만 조을고

사공의 노래가락 마듸마듸 구슬퍼

湖水갈이고요하든 마음바다에 잔물쌀이니

한때의 넷曲調 다시 떠도네

이바다 물결에 내 노래 띄워—

그 물결 닷는곳마다 펴처나 보리

바위에 부듸치는 久遠의 물소리

내 그윽한 눗김에 눈감고 듯노니

馬山浦의 밤은 말없이 깊어만가는데……

憧憬

내마음은 늘 타고 있오

무엇을 향해선가 ——

아득한곳에 손을 휘저어 보오

발과 손이 매여 있음도 잇고

나는 숨가삐 허덕여 보오

일즉이 그는 피리를 부렀오

피리 소리가 어듸서 나는지 나는 몰라

에서 난다지…… 제서 난다지……

어듸멘지 내가 갈수있는 ·곳인지도 몰라

허나 아득한 저 곳에

무엇이 있는것만 같애

내 마음은 그칠줄 모르고 타고 또라오

구름 같이

큰 바다의 한방울 물만도 못한

내 령혼의 지극히 적음을 깨닫고

모래 언덕에서 하염 없이

갈매기처럼 오래오래 울어 보았오

어느날 아츰 이슬에 젖은

푸른 밤을 거니는 내 存在가

하도 貴한것같아 들菊花 꺼거들고

아름다운 아츰을 종달이처럼 노래하였오

허나 쓴웃음 치는 마음

삶과 죽엄 이세상 모든 것이

깊이 못풀 수수꺼기어니

내生의 비밀인들 어이아오

바닷가에서 눈물 짓고……

이슬 언덕에서 노래불렀오

그렇나 뜻몰을 이生

구름같이 왔다 가나 보오

네닢크로버

綠陰—! 所望의 精靈인 그가

푸른 손으로 나를 불러 뛰어나갔오

무엇을 차질것만갈아 나무아레 거닐었오

옆에서 풀닢을 헤치는 동무 하나

네닢 크로버를 찾는다 하오

그가 왜 이상해 보이오

● 『이화』 5호(1933)에 「그 이름 물망초라기에」라는 이름으로 발표된 시.

그마음이 어린애처럼 귀엽지안소

진정 찾을수 있다고 믿는

믿음과ㅣ소망ㅣ사랑과ㅣ행복을

허나 그가 귀엽지 안소

나도 그를 따라 풀넢을 헤처 보았오

찾이면 福되다는 네닢을 못얻은 서운한마음

이름 모를 적은 꽃 하나

따서 웃가슴에 꼬쟀오——

지나든이 보고 그이름 忽忘草라기

빼여서 내ㅅ가에 던졌오

던졌으니 그만일것이—— 웨 마음은 서운하오…

少女

「어듸를 가십니까」

노타이靑年의 平凡한 인사에도

葡萄酒처럼 흥분함은

무슨까닭 입니까

머지 않어 아가씨 가슴에도

누가 산도야지를 놓겟구려

●『별을 쳐다보며』에는 「무春」이라는 제목으로 발표.

밤 의 讚 美

삶의　즐거움이여!　삶의　피로움이여!

이제는　아우성소리　그처진밤

죽은듯　다　잠들고　고요한　깊은밤

● 『신동아』 1932년 6월호에 발표.

미움과 시기의 낙시눈[1] 감기고

원수와 사랑이 한가지 코를 고나니

밤은 거룩하여라 이더러운 땅에서도

이밤만은 별 반짝이는 저 하늘과

그 깨끗함을— 그 香氣를! 겨누나니

---

1. 낙시눈: 낚싯바늘처럼 가느다란 눈. 흘겨보는 눈의 모양을 비유한 것.

오! 밤 거룩한 밤이여

영원히 네 눈을 뜨지 말지니

네가 눈뜨면 苦痛도 눈뜨리

밤이여 네거룩한 벼개를 때지말고

고요히 고요히 잠들어 버려라

古 宮

비人바람 자욱이 아롱진 기인담

깨여진 기와우를 담쟁이 넝쿨이

꺼ー머케 기는 흰 낮

「上下人皆下馬」의 碑石은 서있기 열적어하고

화려한 꿈이 흘러간 뒤 며 寂寂한 네거리

丹靑도 낡은 궁궐 앞엔

병문1) 人力車人군들의 午睡가 짙고

지나는사람중에는 아모도옛날을 얘기하는이없다

---

1. 병문: 屛門. 골목 어귀의 길가.

박 쥐

기인담밑에　옹송그리고　누어있는　집없는아이들

바람이　소스라치게　기어들때마다

강아지처럼　옹옹대며　서로의　體溫을　의지한다

박쥐의 날개를 얼리는 밤 ─

청동화롯가엔 두 母女의 이야기가

찬재를1) 모으며 호트며 잠들줄 모른다

아들의 굿게담은 입살이 떨리며

눈물을 삼키고 떠나든밤─그밤의 光景이

어머니의 가슴엔 앓으게 색여 젓다

---

1. 찬재: 차가운 재.

해가 바퀴는밤 늙은 어머니는

아들의 일홈을 중얼거리며 눈을짓다

젊은이가 떠난뒤 이런밤이 세번째

같은 하늘 낯선 땅 한구석에선

祖國을 원망하나 미워하지 못하는

情외깐에 어여지는2) 않은 가슴이 있으리……

---

2. 어여지는: 에어지는.

號外

큰 불이라도나라　爆彈事件이라도생겨라

外勤에서　드러　오는　電話가

非常　허기를　바라는　젊운　編輯子

그는　殘忍한　人間이　아니다

저도　모르게　되여진　슬푼　機械다

●『조광』1936년 9월호에 발표.

그불이 放火가 아니라 報告될때

젊운이의 마음은 서운 했다

鐵筆이 재빠르게 밋그러진다

짠바ー노타이ー루봐쉬카의青年ー青年ー 1) 2)

싱싱하고 미끈한 樣들이

海軍服이라도 입히고 싶은 맵시다

---

1. 짠바: 점퍼
2. 루봐시카: 루바슈카. 러시아의 남성용 전통 의상.

오늘은 또 저 붓끝이 몇사람을 찔렀느냐

젊운이 手記에 懺悔가 있는 날

그날은 그날은 무서운날 일지도 모른다

驀進 [1]

「호산나」를 부르는 사람들

길바닥은 군중들의 더진 [2] 薔薇로 어지럽다

말탄 勇士들의 담운 입엔

정충한 우슴이 떠돈다

그들에게는 「어제」의 壯한 싸움이 있다

賁한 땀이 있다

아픔을 참운데 殉敎者와같은 거룩함이 있다

---

1. 맥진: 좌우를 돌아볼 겨를 없이 힘차게 나아감.
2. 더딘: 던진.

모래알만한 不義에도 火車처럼 달린다—부신다

義로운 싸움을 해야만할

그들에겐 宿命이 있다

『앞으로! 앞으로!』의 軍號가 서리갈다

行軍들은 일제히 다거슨다

心血로 색인 『어제』가 있었다

집웅을 흔드는 讚辭와 꽃다발이 『오늘』에 있다

그러나 『내일』을爲해 또 말을 몬다—달린다

斑驢

도모지 길드릴수없는 내 나귀일때

오늘도 동울 쓰러주며

노여운 눈물이 핑 도랏다

그래도 너와함께 가야한다지 ……

밤이면 우는 네우름을 듯는다

내마음을 밧을수 없는

네 슬픈 性格을 나도 운다

가을의 構圖

가을은 깨끗한 시악씨 처럼

맑은 表情을 하는가 하면 또

외로운 女人네갈이 숨은 몸짓을진졌읍니다

바람이 수수밭 사이로

우수수 소리를 치며 섭쇄고 지나는 밤엔

들국화가 달아래 유난이 히여보이고

건너마을 웃 다듬는 소리에

차거움을 먹음었읍니다

친구여! 잠깐 우리가 멀리 합시다

胡水 같은 생각에 혼자 가마안이

잠겨 보구 싶구려……

사 슴

목아지가 길어서 슬픈 짐승이여

언제나 점잔은편 말이 없구나

冠이 香그러운 너는

무척 높은 族屬이였나 부다

물속의 제 그림자를 듸려다 보고
일헛든 傳說을 생각해 내곤[1]
어찌 할수 없는 鄕愁에
슬푼목아지를하고 먼데山을 처다본다[2]

---

1. 『별을 쳐다보며』에는 '생각해내고는'으로 되어 있다.
2. 『별을 쳐다보며』에는 '바라본다'로 되어 있다.

귀 뜨 라 미

몸둔곳 알녀서는 드을 좋아—

이런모양 보여서도 안되는까닭에

숨어서 기나긴밤 울어 새웁니다

밤이면 나와 함께 우는 이도 있어

달이 밝으면 더 깊이 깊이 숨겨둡니다

오늘도 저 섬사돌 뒤

내 슬픈 밤을 직려야 합니다

말안코 그저 가려오

말보다 아름다온것으로 내窓을 두다려 놓고

무거운 沈默속에 괘로워 혀덕이는

因襲의 弱한 아들을 내보것만

生命이 다하는 저언덕까지 깨지못할 꿈이라기

나는 못본채 그저 가려오

호젓한 山ㅅ길 외롭게 떨며 온 나그네

안윽한 동산에 드러 쉬타하니

이몸이 젖겨 피 흐르기로

그길이 險하다 사양했으리——

「生」의 孤寂한 거리서 그대 날 불럿것만

내 다리 떨렸음은―

따우의 가시밭도 煉獄의불길도 다아니었오

말없이 犧牲될 순한羊 한마리

……다만 그것뿐이었오……

위대한 아픔과 참음이 그늘지는곳

永遠한 生命이 깃드릴수 있나니

그대가 나어준 푸른가닥 꽁은[1] 실로

내꿈길에 繡놓아가며 나는말않고 그저가오

못본체 그냥 가려오………

---

1. 꽁은: 고운.

밤　車

사슬잠을[1]　소스라쳐　깨여나니

불이 홀로 밤을새여　울다둔방을　직혔구나

어젯밤　기어히　北으로　떠난車

지금쯤은　먼들의　어느驛을　지내노?

1. 사슬잠: 사슬에 묶인 것처럼 불편하고 가위눌리는 잠.

보내고 도라오니 잊은것도 많것만

車窓결에걸린 國境의 地名을읽자마자

배웠든 方言도 갑작이 굳어버려

발끝만 구버 보며 감물든 입은

해야될 한마되도 發言을 못했다

修女

修女院도 뒤 閑寂한곳

— 루르드1) 聖窟—엔

聖母 마리아像이 유난이 흰밤

---

1. 루르드(Lourdes): 프랑스 남서부 피레네 산맥 북쪽 산기슭에 위치한 소도시. 1858년 2월 11일부터 7월 16까지 18차례에 걸쳐 성모마리아가 성녀 베르나데트에게 발현한 곳. 성모가 발현한 동굴은 '마사비엘'이라고 불리며, 베르나데트의 증언에 따라 발현한 성모의 모습을 재현한 성모상이 서 있다.

검은 默珠 손에 쥐고

조용이 나와 비는 한處女

말없는 무거운 마음을 누가 알리……

손 風 琴

내 설은 애기로 귀에 살이진

낡은손風琴이 하나 우리집에있오

어듸서 난것인지 아지 못하오

누가 두고 잔것인지도 모르오

힘없이 내손이 어루만지면

슬픈 소리를 내오

울고 난뒤……

마음이 외로운 때……

내가 이 손風琴을 작난하오

장 날

대추 밤을 돈사야[1] 추석을 차렸다

二十里를 걸어 열하룻 장을보러 떠나는새벽

밍내 딸 이뿐이는 대추를 안준다고 우럿다

---

1. 돈사야: 팔아야(충남 방언).

철편 같은 半달이 싸릿문 우에 돗고

건는편2) 선황당3) 사시나무 그림자가 무시 무시한 저녁

나귀방울에 짓거리는 소리가 고개를 넘어 가차워지면4)

이뿐이 보다 찹쌀개5)가 먼저 마중을 나갔다

---

2. 건는편: 건너편.
3. 선황당: 성황당.
4. 가차워지면: 가까워지면(강원, 경상, 전라, 제주, 충청, 평안 방언).
5. 찹쌀개: 삽살개.

연자ㅅ간[1)

삼밭[2) 울바주[3)엔 호박꽃이 히안한[4) 마을

눈가린 말은 둘방아를 메고

한종일 연잣간을 숙아 돌고

치부책[5)을 든 연자직이는 잎담배를 피엇다

---

1. 연자ㅅ간: 연자매로 곡식을 찧는 방앗간. '연자매'는 소나 말이 돌리는 커다란 맷돌.
2. 삼밭: 삼을 재배하는 밭.
3. 울바주: 울바자. 울타리를 만드는 데 쓰는 대나 수수깡, 싸리 따위로 만든 바자, 바자로 만든 울타리.
4. 『별을 쳐다보며』에는 '희한한데'로 되어 있다.
5. 치부책: 금품의 출납을 기록하는 장부.

머언 아랫말에 한나절 닭이 울고

돌배를 따는 아이들에게선 풋냄새가 났다

밀을 찌여가지고 오늘친정엘6) 잔다는 새댁

대추나무를 처다보고도 일없이7) 좋아했다

---

6. 『별을 처다보며』에는 '친정엘'로 되어 있다.
7. 『별을 처다보며』에는 '괜히'로 되어 있다.

조고만 停車場

땡볕1)에 채송화가 영악스럽고

코스모스는 외로운

조고만 停車場……

---

1. 땡볕: 땡볕.

수건쓴 능금장수 女人은 말이거세고

나는 아는이가 없어 서걸펐다

젊은 양주2)가 데리고 나온

빨간 洋服의 사내 애기는

외가엘 잔다고 좋아라 뛰였다

---

2. 양주: 兩主, 부부.

粉 伊

七月 낮 마루의 햇살이 뻐둥거리에[1) 따거웁고

경자 나무 아랜 唐四柱쟁이 영감이 조으는 마을

江애선 사람이 빠젓다구 아이들이 수선스레 꽤들엇다[2)

ㄱ다섯살난 내 어린것이 오늘

물애 놀너 나갓다 빠저 죽었오

---

1. 뻐둥거리: 등을 덮을 정도로 걸쳐 입는 배로 만든 홑옷.
2. 꽤들엇다: 모여들었다(경기 방언).

신발과 옷을 버서 논채 이렇게 없어젓오」

×

한 女人이 물가에 앉아 미친드시 울며녁두리했다

하느님 난 세상에서 惡한 일한 기억이 없읍니다

그러커늘 당신은 내어린것을……내어린것을………

젊은 안악네 손엔 애기의 고무신이 꼭 쥐여 있고

땅을 지픈 팔엔 기집아이 꼭두선 다홍치마가 감겼다

물人가에 앉아 그속을되려다 보곤 작구만 설어워젓다

「粉伊야! 너 들어오면 주랴고 집엔 참외한개 사놧다

아버지가 품팔고 도라오면 너 어듸갓다 하라느냐

그러케 갈것을…… 잘 입히도…잘 멕이도 못하고……」

女 人

빨래해서 손질하곤 이여 또 꿰매는 일

어린것과 그이를 위하는덴 힘든줄을모르오

오랫만에 나와 거닐어보는 지름길엔

어느새 綠陰이 이리 지렀오……

생각하면 꿈을 안고 熱에 떳든 時節도 있어

이런밸 거닐면 떠오르는 그 날들——

臙脂빛 夜會服처름 현황했으나[1] 實로 싱거웠오

한어머니로 女人은 八月의 太陽처름 믿다워라

---

1. 현황: 眩慌. 정신이 어지럽고 황홀함.

보 리

琥珀色 물결치는 보리 밭

허리굽힌 女人의 손엔 힘있게 낫이 번쩍이오

사악 사악 베여지는가하면 묵거지는 보리ㅅ단

麥秋節[1]의 기쁨이 흰낮 골작운이에 피였오

---

1. 맥추절: ‘보리 수확기의 명절’ 이라는 뜻으로, 팔레스타인에서 지내던 기독교 추수감사절의 시원이 되는 명절.

가마를 타고 친정洞里를 나오든 날

풀은 옷은 처음이오 마지막이었오

연자ㅅ간에선 보리 밀만 닥것만

휘파람 불며가는 저戀人들보다 그가幸福하다오

喪　章

한방안되는　孤獨이　나를둘러싸고

목화송이　같은　눈이

소리　없이　밖에　나려　싸이고

벙어리 처름 말이 없음은

裂家집　哭聲보다　더悽凉했다

오！　슬픈　작난이여

滿月臺 1)

풀헷처　길을내며　비랄을　기여올라

님계옵든　궁터거니　절하고　굽혀들제

주추돌　그자리에　잡초가　어인일고

五百年　옛소식을　어느곳에　드르리오

● 『조선중앙일보』 1934년 10월 9일에 「만월대에 올라」라는 제목으로 발표.
1. 만월대: 개성시 송악산 남쪽 기슭에 있는 고려의 왕궁터.

오르고　나리실제　발부시든　그돌층대

마른풀　우는소리　낙엽마저　싸혓고나

가을도　저문날에　滿月臺　지나든손

풀이라　우러볼가　落葉이라　안저볼가

礎石이　말없으되　발　못돌려　하노라

참°음

이 가슴 매친 울분 불꽃 곧 되량이면[1]

日月도 녹을것이 山岳어이 아니타랴

오늘도 내맘만 태며 또 하로를 보냇노라

● 『이화』 5호(1933)에 발표.
1. 되량이면: 될 양이면.

님이 가오실제 銘心하란 참을忍字

오늘도 가슴속 치미는 불덩이를

참음의 더운 눈물로 구지껏 사웁내다

述　懷

나놀든　그옛집이　하그리워　찾아드니

허는　옛터로되　벗은　옛벗　아니로다

푸르른　梧桐나무만　옛빛자녀　섯드라

옛벗 그리는情 끝길이 바이없어

물 앞뒤 거닐다 도라스니 눈물일네

어린날 되못온다니 그롤 섫어 하노라

省墓

어쩌라 가시는 님
情은 남겨 두신고
嘉俳節1) 당하오니
옛서름 새로워라

● 『이화』 4호(1932)에 발표된 「어머님 무덤에서」와 유사하다.
1. 가배절: 추석.

쓰린마음　구지안고

누으신곳　찾엇것만

애닲다　어이몰라　하신고

키큰풀　욱어진양

더욱　쓸쓸　하고야

肝臟에 매친 서름

풀길이 바이 없어

더운 눈물 뿌려

마른넊을 축이노라

온것조차 모르시니

애닯은 이 마음이랴

눈 들어 먼山 보니

안개어이 가리는고

발 밑의 흰 떨기도

눈물 젖어 있더라

輓歌

일측이 것든 거리엔 그날처름 사람이 오고…가고…

모롱이 藥局집 새장의 라·빈·도 1) 우는데—|

이거리로 오늘은 喪輿가 한채 지나잡니다

搖鈴을 흔들며 조용이 지나는덴, 낯익은 거려들……

---

1. 라빈: robin, 울새.

嚴肅히 드리운 검운 布帳속엔

벌서 屍體된 그대가 냄새 납니다

그대 喪轝머리에 옛날을 記念하려

흰 薔薇와 百合을 가드윽이 언저

香氣로 내이제 그대의 추기를[2) 고히 싸려하오

---

2. 추기: 추깃물, 송장이 썩어서 흐르는 물.

城　址

머루와　다래가나는 · 山ㅅ골에　자란　큰애기라

혼자서　곳잘　山에　오르기를　좋아　합니다

깨여진　기와片에서　城터의　옛얘기를　주으며

입담운　石門에　삼켜버린　傳說을　바라봅니다

하늘엔　흰구름이　흘러　흘러　가고

젊은이의　가슴은　哀愁가　지그웃이　무는　가을

西班牙風의 기인 머리를 따아 돌른

女人은 지나간 꿈을 뒤저 거립니다

實은 서럽지도 않은 이야기들 인것이

저 버레와 함께 이처럼 울고 싶어집니다

하기사 그때도 이렇게 갈ㅡ대가 욱어지고

들 菊이 핀 언덕ㅡ

東으로 낮車가 달리는곧 ㅡㅡㅡ

두줄 鐵路를 말없이 바라 보앗지라우

夜 啼 鳥

落葉을 가저다 내窓가에 끼언고는

말없이 찬달 알에 떨고 서있는

네마음을 알아 듯는 까닭에

이밤에 내가 구지 窓帳을 네리웟노라

밤새가 네가슴을 쪼(啄)지 안느냐

슬픈 얘기는 이제 그만 하쟈——

쪼각달이 네 때마른 팔우에 차거웁고

十六歲少女인樣 이처럼 感傷的인 저녁엔

차(茶)를 끄리는 대신

菓子의 銀빛 조희를 벳기기로 했다

國境의 밤

엇그제도 이 胡地에선 匪賊[1]이 낫단다

먼데ㅅ개들이 不安스레 짓는밤

허ㅡ룩한 방안엔 사모와르[2]의 끌른소리가

火爐ㅅ가에 놓고 ⋮ ⋮ ⋮ ⋮ ⋮ ⋮

---

1. 비적: 무장하고 떼지어 다니면서 사람들을 해치는 도적.
2. 사모와르: 사모바르(samovar). 러시아 주전자. 둥근 그릇 중앙에 상하로 통하
   는 관이 있어서 그 속에 숯불을 넣고 물을 끓인다.

잠은 머얼고…… …… …… …… ……

재도 작난할수 없는 마음

온밤 사모와르의 물煙氣를 凝視하며

독수리같은 어면 人生을 푸러보다

出 帆

汽船이 떠나고 난 港口에는

떨어진 메잎들만 싱겁게 구을르고

아무러치도 않었든것 처럼……

바다는 다시 沈黙을 쓰고 누었다

魔女의 不吉한 豫言도 없엇것만

건느기 어려운바다를 사이에두기로 했다

마지막 말을 삼키고……

영영 떠나보내는 마음도 實은强하지못했다

先祖때 이地域은 咀呪를 받은일이 있어

悲劇이 머리들기 쉬운 곳이란다

검 푸른 七月의 바다사가 모래불1)

늙은 소라껍듸기속엔 이야기 하나가 더 부럿다

물을 차는 제비처럼 가벼웠으면……하나

마음의 마음은 광주리속을 작구 뒤저거려

배가 나간뒤도 埠頭를 떠나지 못하는 부은맘은

바다 저편에 한여름 흰꿈을 재우다

---

1. 모래불: 모래부리. 모래가 해안을 따라 운반되다가 바다 쪽으로 계속 밀려나가 쌓여서 형성되는 해안 퇴적 지형.

生家

뒤울안 보루쇠1) 열매가 붉어오면

앞山에서 벅국이 우렷다

해마다 다른 까치가와 집을 짓는다든

앞마당 아라사버들은키가커 늘처다봤다

---

1. 보루쇠: 보리수.

아렛말과 웃洞里가 넘어뵈든村에선

端午의 명절이 한껏 질겁고……

모닥불에 강냉이를 뛔먹든2) 아이들

곳잘 하늘의 별 세기를 내기했다

---

2. 뛔먹든 ; 튀겨 먹던.

江가에서 개(江)비린내가 유난이

품겨 오는 저녁엔 비가 온다든

늙은이의 天氣豫報는 틀닌적이없엇다

도적이 들고난 새벽녘처럼 호젓한 밤

개짓는 소리가 멀 좋아

이불속으로 드러가 무치는 밤이 있었다

盧天命 詩集 珊瑚林 目次

盧天命　詩集　珊瑚林

昭和十二年十二月二十八日印刷

昭和十三年　一月　一日發行

著作兼發行者　京城府安國町一〇七ノ二番地　盧天命

印刷所印刷人京城府仁寺町一九ノ三　大東印刷所　金顯道

販賣所　京城府堅志町　漢城圖書株式會社　振替京城七六六〇番

頒價壹圓　送料　十六錢

창 변

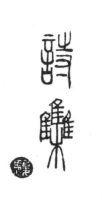

目次

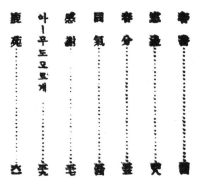

길

솔밧 사이로 솔밧 사이로 거러드러 가자면

불빗이 흘러나오는 古家가 보엿다

거기—

버레 우는 가을이 잇섯다

벌판에 눈 더핀 달밤도 잇섯다

흰 나리꽃이 香을 吐하는 저녁

손길이 흰 사람들은

꽃술을 따 문 屛風의

사슴을 이야기 햇다

솔밧 사이로 솔밧 사이로 거러 가자면

지금도

傳說처럼—

古家엔 불빗이 보이렷만

수탄 이야기들이 생각 날사봐

몸울 소스라침은

비닭이가치 순한 마음에서…1)

---

1. 『별을 쳐다보며』에는 "몸을 소스라침은/ 숱한 이야기들이 머리를 들어서-"
라고 되어 있다.

望鄉

언제든 가리라
마지막엔 돌아가리라
목하꽃이 고혼 내 故鄕으로一

아이들이 하눌타리²⁾ 따는 길머리론
鶴林寺³⁾ 가는 달구지가 조을며 지나가고

● 「인문평론」 1940년 6월호에 발표. 「별을 쳐다보며」에는 「고향」이라는 제목으로 실려있다.
1. 목하꽃: 목화꽃.
2. 하눌타리: 박과의 여러해살이 덩굴풀.
3. 학림사: 황해남도 장연군에 있는 절. 신라 눌지왕 때 건립되었다.

대낮에 잰내비[4]가 우는 산꼴

燈盞미테서

딸에게 편지쓰는 어머니도 잇섯다

둥굴레山에 올라 무릇홀 캐고
∴
젓충화 싱아 쩍국채 장구채 범부채 마주재 기룩이
도라지 췌니곰방대 곰취 참두릅 개두릅을 썻든 少女들은

말맛마다 「쌔」소리를 찻고

---

4. 잰내비: 원숭이(함경 방언).

개암쌀을 싸며 少年들은 5)

금방맹이 노코간 독개비 여길 질겼다

牧師가 없는 敎會堂

회당직이 傳道師가 講道상을치며 설교하든村

그 마을이 문득 그리워

아라비아서온 斑馬처럼 鄕愁에잠기는날이 잇다 6)

언제든 가리

나종엔 고향가 살다죽으리

5. 개암: 개암나무의 열매.
6. 반마: 얼룩무늬가 있는 말.

모밀꽃이 하이야케 피는곳

조밥과 수수엿이 맛잇는 고을

너무ㅅ집에 힘박꽃을 썩거오던 총각들

서울 구경이 소원이더니

차를 타보지못한채 마을을 직히 겟네

꿈이면 보는 낫익은 洞里

욱어진 덤불(叢)에서

찔레 순을 썩다나면 꿈이엿다

男사당

나는 얼굴에 粉을 하고[1]

삼딴가리 머리를[2] 따네리는 사나이[3]

초립에[4] 쾌자를[5] 걸천 조라치들이[6]

날나리를[7] 부는 저녁이면

다홍치마를 둘르고 나는 香丹이가 된다[8]

---

1. 『별을 쳐다보며』에는 '粉칠' 이라고 되어 있다.
2. 삼딴: 삼단, 삼을 묶은 단.
3. 『별을 쳐다보며』에는 '삼단같은 머리를 따아내린 사나이' 라고 되어 있다.
4. 초립: 어린 나이에 관례를 한 사람이 쓰던 갓.
5. 쾌자: 소매가 없고 등솔기가 허리까지 트인 옛 전투복.
6. 조라치: 조선시대에 군대에서 나각을 불던 취타수, 취라치.
7. 날나리: 날라리, 태평소.
8. 향단이 역할을 맡아서 여성 목소리를 내는 것을 "굴욕되다"라고 표현하고 있다. 『별을 쳐다보며』에는 "굴욕된다"라고 되어 있다.

이리하야 장터 어느 넓운마당을 빌어

람프불을 도둔 布帳속에선

내 男聲이 十分 屈辱되다

山넘어 지나온 저村엔[9]

銀반지를 사주고 십흔

고흔 處女도 잇섯것만

응달이면 떠남을 짓는

處女야

---

9. 『별을 쳐다보며』에는 "동리엔"이라고 되어 있다.

나는 접시의 피 엿다
내일은 또 어늬 洞里로 들어간다냐

우리들의 道具를 실은[10]
노새의 뒤를 싸라
山딸기의 이슬을 헐며
길에 오르는 새벽은

구경군을 모흐는 날나리소라 처럼
슬픔과 기쁨이 석겨 핀다

---

10. 『별을 쳐다보며』에는 "소도구를"이라고 되어 있다.

作 別

어머니가 떠나시든날 눈보래가 날렸다

언니는 힌 족도리를 쓰고

오라버니는 굴관을[1] 차고

나는 힌당기 느린 삼또아리를 쓰구

---

1. 굴관: 굴건. 상주가 상복을 입을 때에 두건 위에 덧쓰는 건.

상여가 동리를 보구 하직하는
마지막 절하는걸 봐두
나는 도무지 어머니가
아주 가시는거 갖지 않었다

그 자그마한 키를 하고—
山엘 갔다 해가 지기전
도라오실것만 가탔다
다음날도 다음날도 나는
어머니가 드러오실것만 가탔다

푸른 五月

青磁빛 하늘이

六모亭 塔우에 그린드시 곱고

연못 창포닙에

女人네 맵씨 우에

감미로운 첫여름이 흐른다

라일락 숲에

내 젊은 꿈이 나비처럼 안는 正午

季節의 女王 五月의 푸른 女神아페

내가 웬일루 무색하구 외롭구나

눈은 먼데 하늘을 본다

어찌 하는수 업서

밀물처럼 가슴속으로 몰려드는 鄕愁를

기인 담을 세고 외따른길을 거르며 거르며

생각이 무지개처럼 핀다

풀냄새가 물큰

香水보다 조케 내코를 스치고

청머래순이 버더나오든 길섭

어듸메선가 한나절 쉥이 울고

나는

활나물 혼닙나물 젓갈나물 참나물을 찻든一

일허버린날이 그립지 아니한가 나의사람아

아름다운 노래라도 부르자

서러운 노래를 부르자

보리밧 푸른 물결을 헤치며

종달새 모양 내마음은

하늘 노피 숫논다

五月의 蒼空이여

나의 太陽이여

첫　눈

銀빗 장옷을 길게 싀러

왼 마을을 회게 더푸며

나의 新婦가

이 아침에 왓습니다

삽분 삽분 거러

내 비 위에 맛게 조용이 드러왓습니다

오래간만에

내 마음은

오늘 노래를 부릅니다

이저버렸든 노래를 부릅니다

자ー 잔들을 놉히 드시오

빨ー간 葡萄酒를

내가 철철 넘게 치겟소

이 조촐한 아침

우리들은 다가치 아름다운 생각을 합시다

종도 싹짓지 맙시다

애기들도 울리지 맙시다

薔 薇

맘속 붉은 薔薇를 우지직끈 썩거 보내 노코ㅡ

그날부터 내 안에선 煩惱가 자라다

늬 水晶가른 맘에

나

한點 티되여 무겁게 자리하면 어쩌하랴

차라리 어름가티 어러 버리련다

하늘보며 나무모양 우뚝 서 버리련다

아니

落葉처럼 섧게 날러가 버리련다

少女

뺨이 능금 갓흘순 아니라

다리가 씨름순 가태

내가 슬그머니
질투를 느낌은[1]

그 靑春이 내게 挑戰을 하는[2] 마다리다

● 『조광』 1944년 5월호에 발표.
1. '내가 슬그머니 / 질투를 느낌은' : 『별을 쳐다보며』에는 연 구분을 하지 않고
   있다.
2. 도전을 하는 : 『별을 쳐다보며』에는 "도전하는"이라고 되어 있다.

새 날

고흔 아침입니다

파아란 하늘아레

기와들이 유난히 빗나고一

마음속엔 한아름 薔薇가 피어오릅니다

오랫만에

부드러운 微笑과 우슴과 흥분속에 다시

사람들은 안에서 「希望」이

포기 포기 무성하고

나 이제 湖水가른 마음자리를 하고

조용히 南窓을 열어 水仙과 함께

「새날」의 다사로운 날빛을 함색 밧으렵니다

墓 地

이른 아침 黃菊을 안고

산소를 차진것은

가랑닢이 빨—가니 단풍드는 때엿다

이길을 간채 그만 도라오지 안온 너

슬푸다기 보다는 아픈 가슴이어

흰 팻목들이[1]

서러운 樂譜처럼 널려잇고

이따금 빈牛車가 덜걸대며 지나는 호젓한 곳

黃昏이 무서운 어두움을 뿌리면

내안에 피어오르는

山모롱이 한개 무덤

悲哀가 꼿닙(瓣)처럼 휘날린다

---

1. 팻목: 팻말.

저 녁

나이 갓마흔에두 장가를 못간 철성이가

엄백이 집신을 삼는 사랑 웃구들에선

저녁마다 몰ㅅ군들이[1] 뫼구[2]

古談冊 읽는 소리가 들리구

---

1. 몰ㅅ군: 몰이꾼, 사냥할 때 짐승을 한 곳으로 몰아주는 사람.
2. 뫼구: 모이고.

밤이 이슥해 찹쌀깨가 지저서 보면

국수들을 식혔다

한 정1)

허렬빼루 벌거숭이 몸을 가린 내인들이

지천 人魚처럼 느러졋다

하나가티 낡은 한정 둑게가

거렁뱅이들을 맨들어 놧다

1. 내용상 '한증(汗蒸)'으로 추정된다.

熔爐가티 쎌ㅡ거케 단 한정 안은

불地獄엘 온것갓다

무덤속두 갓다

숨이 턱턱 맥히는데

어늬 구석에선

「감내기」2)를 명주실 처럼 뽑아낸다

나는

썰건 天井이 대작구3)

무서워 진다

---

2. 감내기: 자진아리, 서도 소리의 하나. 기나리에 이어서 계속 불려지며 '아이고 데고 성화로구나' 하는 제창으로 시작된다.
3. 대작구: 자꾸(황해 방언).

수수 깜부기

깜부기는 비가 온뒤라야 잘 팻다

아이들이 깜부기를 찌러

참새떼 처럼 수수밧으로들 밀려갓다

밧고랑에가 드러서

뾱대기를 처다보다

회똣 샘부기를 차자내는 때는

수숫대는 사정없시 휘며 숙여젓다

샘부기를 먹고난 일은

마암에 자랑 스러웟다

村 景

구리빛 팔에 쇠수랑을 잡고

밧테 들어 검은흙을 다듬는 낫

보기 조케 날근 草家집 영 마루엔

봄이 나른히 기고—

울파주1) 박으론

살구꼿이 흐드러지게 웃는다

---

1. 울파주: 울바자(평안 방언).

잔 치

호랑담뇨를 쓰고, 가마가

웃동리서 아렛몰루[1] 네려왓다

차일올 천 마당 멍석우엔

잔치국수상이 벌려지구

---

1. 몰: 마을(평안, 함경, 황해 방언).

상을 받은 아주마니들은

이차떡2)에 절편에 대추랑 밤을 수건에 쌋다

대례를 지내는 마당에선

장옷을 입운 색씨 보담두 나는

그 머리에쓴 칠보족도리가 더 맘에 잇섯다

---

2. 이차떡: 인절미(평안 방언).

秋 聲

푸라타나쓰의 表情이 어느틈에 이러케 달라젓나

하늘을 처다본다

淸澄한 바닷가에 다시 銀河가 멀다

눈을 땅으로 떨어트리며

내가 당황하다

● 『조광』 1942년 10월호에 발표.

女人賦

美容師에게

結髮을 이러히는 대신—

무릇 女人이여

溫達에게서 「바보」를 배호라

聰明한데에 女人은

가슴 不幸을 지녓다

眞實로 아릿다운 女人아

네 생각이 높고 맑기

저九月의 하늘 갓고

가슴에 지닌 香囊보다

너는 언제고 마음이 더 香그러워라

女人中에

鶴처럼 몸을 갓는이가 잇서보라

물ㅅ가 그림자를 보고

외로워도 조타

海燕은 어듸다

집을 짓는지 아느냐

鄕 愁

五月의 汽車가
배추밭이 노오란 마을을 지나면
문득
싱아[1]를 캐든 故鄕이 그리워
타관의 山을 보며

---

1. 싱아: 마디풀과의 여러해살이풀. 높이는 1미터 이상이며, 잎은 어긋나고 피침
   모양으로 가장자리에 물결 모양의 톱니가 있다.

마음은

西쪽 하늘의 구름을 따른다

돌 잽 이

수수경단에 백설기 대추송편에 쑬편

인절미를 색색이로 차려노코

책에 붓예 쌀예 은전 금전

가진 보화를 그득 싸논 돌床우에

할머니는 사리사리 국수를 노시며

命福을 비시고

하라버진 청실 홍실을 느려 활을 뇌 주섯다

온 집안사람의 웃는눈을 밧으며

전복1) 에 복근쏜 애기가 돌을 잡는다

고사리 가튼손은 문장이 된다는 冊가를 스처

將軍이 된다는 활을 빡 잡앗다

1.전복(戰服) : 조선 후기에 무관들이 입던 옷. 깃, 소매, 섶이 없고 등솔기가 허리에서부터 끝까지 트여 있다. 오늘날에는 어린이들이 명절에 입기도 한다.

春 香

검운 머리채에 東洋女人의「별」이 깃드리다

「도련님 인제 가면 은제나 오실라우 벽에 그린 황계 짧은목

질게 느려 두날개 탁탁치고 쑉꾀하면 오실라우

제집으 노픈절개 이 옥지환과 갓흘거시오 천만년이 지녜간들

玉미시야 변함나븝듸어」

玉가락지우에 아롱다운 傳說을 걸어노코

春香은

사랑을 爲해 달게 刑틀을 젓다

獄안에서 그는 椿꽃[1] 보다 더 지텃다

밤이면 三更을 타 초롱불을 들고 香丹이가 차젓다

春香아야 香丹아 서울서 편 지별 업듸야」

香丹「지별 이라우? 동낭치중에 상둥낭치돼 오섯서라우」

1.춘꽂: 참죽나무꽃

春香아 그거시 뭔소리라냐ㅡ

행여 나 얻다 팔세말고 도련님께 부듸부듸 잘해 디려라

무릇 女人중

너는

사랑할줄 안

오직하나의 女人이엇다

눈 속의 梅花가른 계집이여

칼울 쓰고도 너는 붉은사랑을 뻐더버리지 안엇다

漢陽 낭군 리도령은 쑥스럽게

「샷도가 되어 오지 안어도 조앗슬게다

窓 邊

서리 내린
지붕 지붕엔 밤이 안고

그안엔 싯다운웃음이 덮흘고

뉘집언가 窓이 불빗을 한입 물엿(含)다

눈 비람이

하늘 가는길처럼 밝고나

그 속에 수란 얘기들올 줍고잇스면

어려서 이저버린 「집」이 사라낫다

窓으로 불빗이 나오는집은 다정해

볼쑤룩 정다워

저안엔 엄마가 잇고

아버지도 살고

그리하야 형제들은 多幸하고—

마음이 가난한이는 눈을 모하

고흔 情景을 한참 마시다—

암욱한 집뇌이 왼갓시간에 빌어졋다

친정엘 간다는 새댁과 마주안즌

急行列車 밤차人간에서도

中年紳士는 나비넥타이를 찾고

裕福한婦人은 물건을 왼종일 골르고

百貨店少女는 疲困이 밀린 雜沓속에서도

또어느 조고만집 명절 짹치는 소리를

드르면서도

기댈데 없는 외로움이 박쥐처럼 퍼덕이면

눈 감人고.

가다가
슬프면 하늘을 본다

春 分

한고방 재어 낫든 石炭이 횅하니 나간 자리

숨엇든 봄이 드러낫다

얼래 시골은 지금 밤 나왓갓듸이

南쪽 기집아이는 제집이 생갓낫고

나는 고양이처럼 노곤하다

●『인문평론』 1940년 4월호에 발표.

同 氣

언니와
밤을 밝히든 새벽은
「聖赦」를 밧는것 가타
내 야윈쌤엔 눈물이 비오듯햇다

지금도 생각하면 눈이 쓰거워—

언니가 보고지워 떠나가는 날은

千里길을 주름잡아 먼훗을 몰라

감나무 집첩이 빠알간 南쪽

말틀이 거시여 異邦도 갓것만

언니가 산대서

그곳은 늘상 마음에 그리운곳!

오늘도 南쪽에서온 기인편지

읽고 읽으면 구슬픈 사연들

「불이나 쓰드시 때고 잇는지

외따로 너를 혼자 두고

바람에 瑠璃門들이 우는밤엔 잠어 안온다」

두루마지를 잡은채

눈물이 피잉 도랏다

感 謝

저 푸른 하늘과

太陽을 볼수잇고

大氣를 마시며

내가 自由롭게 散步를 할수잇는限

나는 充分히 幸福하다

이것만으로 나는 神에게 感謝할수 잇다

아―무도 모르게

아―무도 모르게 늬도 몰래

멀리 멀리 가버리고 십흔 날이 잇서

메에 올라 낫익은 마슬을 구버 보다

좍―안 고추가 타는듯 널린 집웅이―

쨍이를 잡는 아이들의 모습이―

참아 눈에서 안떠러저

한나졀을 혼자 산우에 안저 보다

鹿苑

눈보라를 마지며 公園을 걷는다

눈보라를 마지며 公園을 걷는다

붉은 山茶花 꽃술을 따들고

서투르게 사슴을 불러본다

사슴과 놀다보니

팩이 슬퍼

사슴을 데리구 사진을 찍다

―奈良公園에서―

새해마지

구름人장을 씻고 화살처럼 퍼지는

새 날빗의 눈부심이여

『설』床을 차리는 多慶한집 뜰안에도—

나무판자에 불을 지르고 둘러 안즌

乞人들의 람루우에 도—

慈悲로운 빗이여

새해 늬는

수단 기맥힌 歷史를 삼켯고

위대한 歷史를 腹中에 뱃다

이제

우리 늬게

푸른 希望을 건다

아름다운 꿈을 건다

저녁 별

그누가 하늘에 보석을 뿌렷나

작은보석 큰보석 곱기도 하다

모닥불노코 옥수수 먹으며

하늘의 별을세든 밤도 잇섯다

별하나 나하나 별두울 나두울

● 『삼천리』 1941년 3월호에 발표.

논뜰엔 당옥새 구슬피 울고

강낭수수대 바람에 설벨제

은하수 바라보면 잠도 머러저

물방아 소리ㅡ드른지 오래ㅡ

고향하늘 별쓴밤 그리운밤

호박꼿초롱에 반딋불 너코

이지음 아이들도 별을 세는지

夏日山中

보리 이삭들이 바람에 물결칠때마다

어늬 밧고랑에서 종달이가 포루룽 하늘로 오를것 갓다

논도랑을 건느고 밧머리를 휘돌아

東九陵가는길을 무르며 무르며 차츰

山속으로 드는낫은 그림속의 仙人처럼

● 『춘추』 1941년 7월호에 발표.

내가 맑고 한가 하다

낫이 기운 山中에서 뻐꾹소리를 듯는다

당홍당기를 철철슨는 처녀 가튼 맵시의 뻐꾹을 찻다 보면 철쭉꽃이

불그레 하게 펴잇다

초록물이 뚝뚝 듯는 나무들이 그늘진 곳에 활나물 대나물

미일쌔를 보며

―나는 배암이 무서워 칙순을 따 머리에 꼿든일이며

파아란 가랑닙에 무룻을 밧아 먹든일이며

도토리에 콩가루를

발라먹는 山人골얘기를 생각해 낸다ㅡ

어듸서 쒬알을 엇을것갓든 山속

「淑」은 산나물 썩는게 조코 난 「松蟲」이가 무섭고ㅡ

한치도 못되는 벌레에게 다닥드릴때마다

이처럼 질겁을해 번번이 못난이짓을 함은

진정 병신성 스러우렷다

솔밧을 헤여나 첫째능에 절하고 드러 잔듸우에 다리를 쉰다

千년 묵은 여우라도 나올상부른 太古的 조용한 낮

내가 잠깐 眩氣를 느낀다

❀❀❀ 詩集 窓邊 ❀❀❀

著作者　京城府鍾路區安國町一〇七
ノ二　盧　天　命
發行所
京城府中區太平通一丁目三
一　毎日新報社印
印刷所　京城府中區
太平通一丁目
毎日新報社
印刷者
天山盆進

★
昭和二十年
二月二十日印刷
昭和二十年二月二十五日發行

☆　發　行　所　☆
毎日新報社出版部

사슴의 노래

☆ 追悼詩 ☆

哀悼 盧天命
一 石

목 길어 사슴인가
다리 길어 鶴이련가

想念은 가멸건만
몸은 항상 여위어서

해라도 따 보려는지
목 느리고 섰더니

별 하나 땅에 있어
窓邊에 기대 서서

珊瑚林 가꿔 놓고
水晶宮 마련ㅎ더니

이제사 쳐다만보던
별 안고 끼고 있는지

崎嶇한 天命으로
哀憐한 天命으로
오기도 天命이요
가기도 天命인가
天命을 다하였다고는
믿어지지 않노라

詩 集

사슴의 노래

盧 天 命 著

翰 林 社 刊

序 文

昨年 六月엔 天命이 슬프게 갔고 今年 六月은 天命의 一周忌가 되었다.

天命을 다시 생각하기 위하여 天命과 時代를 같이한 文友들이 그의 追悼會를

準備하는 중에 그의 遺稿가 나와서 이를 새로 엮어내게되었다. 오직 뒤에 달린

한篇以外에는 天命의 生存時에 그 차례를 다 짜놓은것이니 그가 좀더 살았드면 그

는 그가 이름 지은 이 「사슴의 노래」를 손수 세상에 내어놓는 기쁨을 우리와 함

께 하였을것이다.

그러나 이 詩集 「사슴의 노래」조차 외롭고 그와 떨어저 이제 그의 一周忌를

맞이하는날 홀로 나오게 되었다.

모든 것이 運命이랄가 詩와 사람이 이렇게 떨어졌으나 이 「사슴의 노래」를 대

하매 그사람이 다시금 새로워지고 그리워지는 것이다. 그러나 그의 마음이 그의

詩속에 차근 차근히 접어저 있음이 마치 그의「六月의 언덕」같다.

「아까샤」꽃 핀 六月의 하늘은

사뭇 곱기만 한데

「파라솔」을 접드시

마음을 접고 안으로 안으로만 들다」

表象되었다.

길게 말할것없이 그의 六月에 그의 마음과 그의 人間은 위의 詩句속에 如實히

그 담에 그에게 온것은 「사슴의 노래」였다.

「希臘的인 내 별을 거느리고

오직 죽엄처럼 悽慘하다

가슴에 꽂았던 薔薇를 뜯어 버리는

슬음이 커 喪章같이 凄凉한 나를

차라리 아는 이들을 떠나

사슴처럼 뛰어 단여보다」

었다.

天命이 그의 孤獨을 버서나려는 宿命은 사슴이었다。 그것이 또한 그 自意識이

그러다가 天命은 드디어 自己가 밀려가는것을 最後로 느꼈다。

「내가 걸어가는게 아니오 밀려가오

……………

……………

말도 안나오고

눈 감아버리고 싶은 날이 있오」

이것이 天命의 마지막 말이었다. 人生의 벌판에 왔다가 그가 얼마나 외롭고 얼마나 울다가 갔는가는 이제 그가 남긴 詩集속에 담겨있을뿐이다.

이 詩集 「사슴의 노래」가 그 主人이 간뒤에 홀로 나오게되여 그를 다시금 回想케 하는날 이에 그의 冥福을 빌며 아울리 友情에 보내는 몇마디로서 삼가 序文을 代身하는바이다.

단기四二九一年六月十日

金 珖 燮 識

사슴의 노래를 모으며

天命 간지 一年에 숨었던 사슴의 노래를 듣는다. 머리올속에, 치마그늘 밑에 간직했든 그의 哀切한 느낌들이 世上을 向하여 그가 누구였음을 또 다시 말 해 주고 있다. 그는 날때부터 외로운 女子! 살면서 人生을 自己언덕에서 바라보 았을 때도 어느 하나 生活의 環境은 그를 慰勞해 주고 기쁘게 해주는 것은 없었 다. 도라서 눈물에 魂을 적시면서 그는 또 혼자서 寂寞하게 人生을 걸어갔다.

걸어가다가 지쳐서 그만 너머져 버렸다. 벅찬 希望과 驚異로운 앞날들은 그를 끄을고 좀 더 强한 生命의 軌道에 連結시키려다 그만 그를 놓겨 버렸다. 그의·몸

을 잃은 우리는 그의 魂에서 또는 그의 孤寂했던 어여쁜 一生에서 풍겨오는 모

습과 말들、 아로새긴 마음의 言語들을 이제 모와 다시 우리 文壇에 永遠한 香을

더하려 한다。

단기四二九一년六월七일

毛 允 淑 識

目 次

사
슴
의

노
래

캐피탈·웨이

삿삿이 드러 내놓는

대낮은 告發者

눌러보고 싸주어 아름답게만 보아주는

밤은 戀人

時速 十五「마일」의 安全狀態로

나 이 밤에 「캐피탈·웨이」를 달린다

낮에 落葉을 줍던이도 안보이고

● 『서울신문』 1956년 11월 27일에 발표.

다람쥐처럼 옹송거리고 밤을 굽던 少年도 그 자리에 없다

하나 좋은줄 모르고 날마다 오르나린 이 길이

오늘밤 유난히 멋지구 곱구나

몇百圜 「택씨」의 効果여

街路樹를 兩옆에 끼고

舗道를 밋끄러지는 맛이 괜찮구나

步哨대신 칸칸이 느러선

나의 수박燈[1]들의 아름다움이여

---

1. 수박등: 대쪽이나 나무쪽으로 얽어 수박 모양의 입체형을 만들고 종이를 발라 속에 초를 켜게 한 등.

개 짓는 집 하나 없는 이 골목을

난 이제 조심조심 드러가야 한다

남의 집 급한 바느질을 하는 모퉁이집 할머니를 위해서

시린 손을 불며 菓子봉지를 부치는 班長아저씨를 위해서

기침도 삼키고 나는 謹愼하며 드러서야 한다

봄의 序曲

누가 오는데 이처럼들 부산스러운가요

木手는 널판지를 재며 콧노래를 부르고

하나같이 街路樹들은 草綠빛

새옷들을 받아들였읍니다

善良한 親舊들이 거리로 거리로 쏟아집니다

女子들은 왜 이렇게 더 야단입니까

나는 舖道에서 眩氣症이 납니다

●『서울신문』1956년 11월 27일에 발표.

三月의 햇볕아래 모든 것들이 솟아 오릅니다

보리는 그 윤나는 머리를 풀어 헤쳤읍니다

바람이 마음대로 붙잡고 속삭입니다

어디서 종달이 한놈 포루루 떠오르지 않나요

꺼어먼 살구남기[1]에 곧

올연한[2] 분홍 「베일」이 씌어질까 봅니다

---

1. 살구남기: 살구나무.
2. 올연(兀然)한: 홀로 우뚝한, 여기서는 '눈에 보이는 것처럼 아주 뚜렷하다' 는
   의미를 가진 '완연(宛然)한' 의 의미로 사용되고 있다.

아름다운 새벽을

내 가슴에선 事情없이 薔薇가 뜯겨지고

멀쩡하니 바보가 되어 서있읍니다

흙바람이 모래를 끼얹고는

껄껄 웃으며 달아납니다

이 時刻에 어디메서 누가 우나봅니다

● 『서울신문』 1956년 12월 25일에 발표.

그 새벽들은 골짜구니 밑에 묻혀 버렸으며

戀人은 이미 배암의 춤을 추는지 오래고

나는 혀끝으로 찌를 것을 斷念했읍니다

사람들 이젠 鐘소리에도 깨일수 없는

惡의 꽃속에 묻힌 밤

여기 저도 모르게 저지른 惡이 있고

낡이 나로 因하여 지은 罪가 있을 겁니다

聖母 「마리아」여

臨終모양 무거운 이 밤을 물리쳐 주소서

그리고 아름다운 새벽을

저마다 내가 罪人이노라 무릎 꿇을ㅡ

저마다 懺悔의 눈물 뺨을 적실ㅡ

아름다운 새벽을 가져다 주소서

船醉

언제 떠날찌 모르는

三等船室에서

나는 窒息할 것 모양 가슴이

답답해 온다

甲板위로 좀 나갔으면 하나

내 주머니 속엔 紙貨대신 原稿紙뿐

手巾으로 입을 막고 頻死狀態다

● 『동아일보』에 발표.

이것 좀 봐요

이런 도둑놈들이 있어요 글세

바다 밑에서 오는 것 같은

모기소리만한

이런 얘기를 들으면서도 또 나는

如前히 자꾸만 메스꼽다

눈을 어따가 주어야 좀 나으냐

六月의　언덕

「아까샤」꽃　핀　六月의　하늘은

사뭇　곱기만　한데

「파라솔」을　접드시

마음을　접고　안으로　안으로만　들다

이　人波속에서　孤獨이

곧　어름모양　꼿꼿이　어러드러옴은

어쩐　까닭이뇨

●『대한일보』1955년 6월 7일에 발표.

보리밭엔　楊貴妃꽃이　으스러지게　곯은데

이른　아침부터　밤이　이슥토록

이야기해　볼　사람은　없어

「파라솔」을　접드시

마음을　접어　가지고　안으로만　들다

薔薇가　말을　배우지　않은　理由를

알겠다

사슴이　말을　안하는　緣由도

알아　든겠다

「아까샤」꽃 핀 六月의 언덕은[1]
곱기만 한데—

落葉

간밤에 나는 나무 밑에 들어서

그들의 會議光景을 보았읍니다

「푸라타나쓰」는 四時나무 떨듯 하며

무서운 소리를 내고 있었읍니다

밖엘 나서니 바람 한점 없는

자는듯 조용한 밤하늘인 것을——

● 『동아일보』 1956년 11월에 발표.

어젯밤 그처럼 웅성거리더니

아침에 발등이 안뵈게

누우런 잎사귀들을 떨구어 놨읍니다

시드른 잎사귀를 떨어버리는데

그렇게 嚴肅한 會議를 했군요

겨울을 이겨낼 鬪士는

하나도 없었나 보죠

「푸라타나쓰」의 가을밤 會議는

峻嚴한 것이 었읍니다

獨 白

밤은 언제부터인지 安息의 時間이 못되어

눈을 뜨고——

올빼미처럼 눈을 뜨고 깨어 있는 밤

時計소리를 듣기에도 성가신

海草와도 같이 흐줄근 해진1) 靈魂이여

● 『사상계』 1956년 12월호에 발표.
1. 호줄근해진: 호졸근해진. 지치고 고단하여 몸이 축 늘어질 정도로 힘이 없는.

「산데리아」밑이 어두워서

나는 내 所重한 열쇠를 못찾고

손手巾같이 꾸겨진 오늘을 凝視하며

한밤中 올빼미모양 일어나 앉아

落下傘의 眩氣症을 느낀다

舞踏會는 언제나 지쳐서들 쓸어질 것이냐

꿈속에서 모양 나는 맥아리2)가 하나도 없고

해감속에서3)

한발자욱도 옮겨놔 지지가 않는다

---

2. 맥아리: 매가리, '맥(脈)'을 낮잡아 이르는 말.
3. 해감: 바닷물 따위에서 흙과 유기물이 썩어 생기는 냄새나는 찌꺼기. 2연의
　'해초와도 같이' 라는 비유와 연결된다.

별도 이제 내 親舊는 못되고

풀 한포기 나지못한 허허벌판에서

戰鬪機의 空中旋回的 眩氣症

薔薇빛 새벽은 멀다치고

回　想

잠한숨　못이루게

南山과　北岳이　밤새껏　흐느껴　울었음은

天地가　바뀌는　큰　슬픔이였구나

華麗하던　都城은　하로　아침

無禮한　軍靴에　짓밟히고

잔약한　百姓들　어리광대모양

얼굴에　칠들을　하고　어색하게　나섰다

골목 좁은 길에서 또 商店앞에서

일찍이 親舊들과 더불어 던졌던 얘기를 주음은

길가에 꽁초를 줍는 이와 같은 아쉬움

街路樹도 죽은 듯 恐怖에 서 있는 午後

가까운 이 하나 볼수 없는 슬픈 거리여

모든 器官이 停止한 죽은 거리여!

개새끼가 물어간대두 돌아볼 親舊 하나 없다

잠한숨 못이루게

南山과 北岳이 밤새껏 울었음은

天地가 바뀌는 큰 슬픔이였구나

불덩어리 되어

더 참을수 없이 臨終처럼 괴롭던 밤

이 부두둑 갈며 어려운 고비 깜빡할제

왼 누리를 둘렀던 어둠 번개같이 찟기며

활짝 열린 새 天地

물었다 놓은 이짜욱도 생생하게 怨讐 물러가던 날

三千萬 하나같이 마음자리 바로 하고

저마다 罪悚하게 우러러 보던 祖國의 얼굴

●『동아일보』 1952년 8월 15일에 발표.

一九四五年八月一五日——

이 날은 偉大한 날이였어라

이 땅의 日本帝國主義가 唐慌히 꺼꾸러지고

都市와 村落 거리거리엔 사슬이 풀린 사람들

太極旗 흔들며 怒濤모양 밀려들어

척을 진 親舊와도 입을 마추던 그 날——

우리 다같이 가슴에 손 얹고 착해졌던 날 이 날을 잊지는 않었으리

하필 「이스라엘」百姓만이 어리석었으랴

님의 얼굴을 다시 가리려는 者는 누구냐.

三八線 저 넘어선 「카튜샤」砲소리도 殷殷히

「슬라브」의 陰凶한 侵略의 손길이 뻐더 오는데

兄弟들아 우리는 무엇을 貪하고 있느냐

우리의 눈들은 怨讐以外에 무엇을 노리는 것이냐

大韓의 脉膊이1) 뛰는 손에 손을 쥐고

八年前 우리들의 八·一五로 돌아가자

여기서 우리 서로 껴안고

금하나 안간 한덩어리 되여

이것은 또 불덩어리 되여

우리들의 怨讐의 가슴팩이를 뚜르자

---

1. 脉膊: 脈搏. '脉'은 '脈'과 同字. '膊'은 '포:박' 자로 '고기를 말린 것'
   이라는 의미를 갖는다. 따라서 '膊'은 '搏' 자의 誤字.

그 네

남갑싸치마에 홍갑싸댕기를 충충 딴 머리 끝에다 물려디리고 그네우
에 흐능청 올라슴은 열여섯쌀 勇氣가 아니고는 백여나지 못할 일이겠
다

느티나무 입사귀를 입에다 따물뜻이 오이씨같은 발뿌리로 蒼空을 向
해 까아맣게 늘었다가 들어오는 길은 잠깐 眩氣는 날찌 모르나 제 신
에 제가 못이기는 법이 겠다

六月의 하늘이 월남옥색으로 푸르른데 大空을 힘있게 차는 이 땅의

氣像은 樂浪時節의 女人인가——

그네를 한번 늘었다 천천히 들어옴은 勝戰을 하고 들어오는 勇士의

모습과도 같으이——

南大門地下道

우물거리는 것들은 땅의 벌레가 아니라

하늘의 아들들이요

層階는 실로 千層萬層

「萬年筆 사보시죠」

「오늘 아침 新聞입니다」

「고뭇줄 삽쇼」

다음 것이 오기 前에 眩氣症이 난다

다리 다리 다리

狂風이 뿌리는

빗발같은 다리들이

소내기처럼 지나간다

두꺼비모양 업들이고 있는 것은

빵장수영감

두고온 故鄕의 사과밭이 생각났나 보다

아침해도 안드는 地下道

나비가 날아들면 당장 숨이 맥힐 곳

많지도 않은 慾望들인데

머리위에 電車를 이고

저들은 「써ー커쓰」를 한다

五月의 노래

보리는 그 윤끼나는 머리를 풀어 헤치고

숲사이 철쭉이 이제 가슴을 열었다

아름다운 傳說을 찾아

사슴은 華麗한 孤獨을 씹으며

不老草같은 午後의 생각을 오늘도 달린다

● 『여원』 1956년 5월호에 발표.

부르다 목은 쉬어

山에 메아리만 하는 이름——

마지막 薔薇는 누구를 위한 것이냐

하늘은 푸르러서 더 넓고

더불어 꽃길을 걸을 날은 언제뇨

하늘에서 비가 쏟아져라

그리고 暴風이 불어다오

이 五月의 한낮을 나 그냥 갈수는 없어라

悲 戀 頌

하늘은 곱게 타고 楊貴妃는 피었어도

그대일래 서럽고 서러운 날들

사랑은 괴롭고 슬프기만 한 것인가

사랑의 가는 길은 가시덤불 고개

그 누구 이 고개를 눈물없이 넘었던고

英雄도 豪傑도 울고 넘는 이 고개

기어히 어긋나고 짓궂게 헤여지는

運命이 시기하는 야속한 이 길

아름다운 이들의 눈물의 고개

영지못엔 오늘도 塔그림자 안비치고

아사 달은 뉘를 찾아 못속으로 드는거며

그슬아기 아사녀의 이 恨을 어찌 푸나

저버릴수 없어

누가 뭐라고 하든

내가 이 땅을 저버릴 수 없어

불타는 가슴을 안고

오늘도

보리밭 널린 들판을 달리다

착한 사나이가 논을 갈고

지어미가 낮밥을 이고 나온 논뜰

미나리 냄새 나는 흙에 입 맞추고 싶구나

누가 뭐라고 하든

나는 이 땅을 저버릴수 없어

怒여운 눈초리를

五月의 푸른 가랑닢으로 씻어 보다

秋風에 부치는 노래

가을 바람이 우수수 불어옵니다

神이 몰아오는 비인 馬車소리가 들립니다

웬일입니까

내 가슴이 써―늘하게 샅샅이 얼어듭니다

「人生은 짧다」고 실없이 옮겨본 노릇이

오늘 아침 이 말은 내 가슴에다

화살처럼 와서 박혔읍니다

나는 아파서 몸을 추설수가[1] 없읍니다

黃昏이 時時刻刻으로 닥아섭니다

하루하루가 金싸라기같은 날들입니다

어쩌면 靑春은 그렇게 아름다운 것이었읍니까

戀人들이여 인색할 必要가 없읍니다

적은 듯이 지나버리는 生의 언덕에서

아름다운 꽃밭을 그대 만나거든

마음대로 앉아 노니다 가시오

남이야 뭐라던 상관할 것이 아닙니다

---

1. 추설수가: 추스를 수가.

하고 싶은 일이 있거던 밤을 도와 하게 하시오

聰氣는 늘 지니어 지는 것이 아닙니다

내가 알지 못합니다

이것을 잠가둘 象牙궤짝도 아무 것도

나의 金싸라기같은 날들이 하루하루 없어십니다

落葉이 내 窓을 두드립니다

車時間을 놓친 손님모양 唐慌합니다

어쩌자구 神은 오늘이사 내게

靑春을 이렇듯 燦爛하게 퍼 보이십니까

三月의 노래

三月이 오면 이 땅에 三月이 오면

골짝이 산둥세1) 불붙듯 번질

진달래 꽃망을 부풀어 오르듯

우리들 가슴 속 湧솟음 치는

三一의 精神—— 民族의 脉膊2)——

三月이 오면 이 땅에 三月이 오면

山에서도 빽국 들에서도 빽국

● 『소년세계』 1954년 1월호에 발표.
1. 산둥세: 산둥성이
2. 脉膊: 脈搏.

自然의 曲調 시냇가에 흐르듯

우렁차게 퍼지는 民族의 노래 三月의 노래

祖國의 獨立을 찾아 매운 싸움 있었나니

울안의 紅桃花는 유관순의 넋인가

三月은 壯한 달 이 나라의 아름다운 달

거리 거리 골목 골목

獨立精神이 출렁거리는 달

꽃길을 걸어서

—— 四月의 祈禱

그 겨울이 다 가고

山에 갔던 아이들 손엔 할미꽃이 들려졌다

싸립門에 기대어 서서

진달래 자욱한 앞山을 바라보면

큰애기의 가슴은 波濤모양 부풀어 올랐다

四月 큰애기의 꿈은 무지개같이 燦爛했다

● 『여성계』에 발표.

웬 일인지 이 봄엔 三八線이 터지고

나갔던 그이가 돌아올 것만 같다

「갔다 오리다」

생생하게 지금도 귀에 들린다

軍服을 입은 모습

어찌 그리 늠늠하고 더 잘나 보였을꼬

그이가 一線으로 나간 뒤부터

「뉴ー쓰」映畵의 軍人들이 모두다

그이 같아 반가워졌다

主여

이 봄엔 統一을 꼭 가져다 주소서

그리하여

진달래 곱게 핀 꽃길을 걸어서

勝戰한 그이가 돌아오게 해 주소서

새벽

온 누리에 그 소리 널리 퍼뜨리며

聖堂 鍾이 웁니다

벌써 몇차례를 聖堂 鍾이 웁니다

새벽 「미사」엘 가는 사람들의

바쁜 걸음소리가 어둠 속에 들립니다

지새는 하늘 아래

간밤의 괴로움도 잊어 버린듯

客主집 손들은 行裝을 차리노라 수선스럽습니다

─────────────

● 『새벽』 1955년 1월호에 발표.

기다렸던 아침이 왔기에

서리찬 새벽바람을 머리에 이고도

사람들은 저마다 기쁨에

길을 떠납니다

밤中

도적고양이가 기왓장을 살포시 딛는 時刻

나는 웨 눈이 떠였는지 모르겠다

아모리 눈을 꺼벅어려도 한방되는1) 어둠만

눈으로 입으로 들어올 뿐이다

버레들 우는 소리가 비스소리 같다

숫한 젊은이들의 精靈의 소리도 같다

● 『모던 타임스』에 발표.
1. 한방되는: 한 방 되는. 방에 가득한.

첫닭이　운다

어디서　지금쯤　「유다」의　後裔는　또

來日아침　제　장사를　三十銀錢보다　더　싼　값으로.

파라먹을　궁리를　하는지도　모른다

동이　틀려면　아직도　머럿나　보다

나는　어둠을　헤치려　나가는

작구　바나물처럼　디리킨다

오 늘

무엇에 쫓기는 것일까

막다른 골목으로 막다른 골목으로

내가 쫓기는 것만 같다

나를 따르는 것은 빚쟁이도 아니오

미친개도 아니오

더 더군다나 怨讐는 아니다

밤의 安息은 千年의 歲月이 덮은 듯 아득한 傳說

네거리 橫斷길에 선 마음

騷音에 神經은 事情없이 진동되고

내 눈은 고달퍼 핏줄이 섰다

밤 天井의 한마리의 거미가

보기 좋게 사람을 威脅할수도 있거니

무엇에 쫓기는 것일까

막다른 골목으로 내가 쫓긴다

不安한 낯들이 낯선 정거장모양 다닥치고

털어버릴수 없는 焦操와 憂愁가

四月의 新綠처럼

茂盛한다

海邊

「삐ー취·파라솔」들이

毒버섯모양 곱게 널린 沙場에

젊은 情熱들이

海棠花처럼 무데기 무데기 피었다

波濤는 진終日

모래불을[1] 놀리다 간다

가는 것이 아니라 다시 또 밀려와

얼레발을[2] 친다

● 『전망』 1955년 11월호에 발표.

1. 모래불: '모래부리'의 북한어. 모래벌. 그러므로 마지막 행에 '모래불이 마음
이 무너졌다'는 것은 모래사장에 파도가 밀려왔다가 빠져나가는 모양을 표
현한 것.
2. 얼레발: '엉너리'(경기 방언, 북한어). 남의 환심을 사기 위하여 어벌쩡하게
서두르는 짓.

모래불은 이럴 때마다
마음이 우수수 묻혀졌다

사 슴 의 노 래

하늘에 불이 났다

하늘에 불이 났다

도무지 나는 울수 없고

獅子같이 사나울수도 없고

좋은 생각으로 진여 씨불 것은 더 못되고

希臘的인 내 별을 거느리고

오직 죽엄처럼 悽慘하다

가슴에 꼬잣던 薔薇를 뜨더 버리는

슬픔이 커 喪章같이 凄凉한 나를

차라리 아는 이들을 떠나

사슴처럼 뛰어 단여보다

孤獨이 城처럼 나를 두르고

캄캄한 어둠이 어서 밀려오고

달도 없어주

눈이 나려라 비두 퍼부어라

가슴의 薔薇를 뜯어 버리는 날은

슬퍼 좋다

하늘에 불이 났다

하늘에 불이 났다

待 合 室

막車가 떠난 뒤

待合室엔 종이쪽만 날르고

거지 아이도 잠이 드나 본데

時間表에도 없는 車時間을

사람들은 지금 기다리고 있다

생판 모르는 얼굴이 내리는 것인지도
모른다
汽笛소리 山과 마을을 울리며

어느 바람 센 曠野를 건느는 것이뇨
「우랄타이」寶石모양 너를 찾는 눈들이
번쩍어리고 지리한 낮과 밤이 年輪처럼 서린
곳에 마지막 보람이 있으려 함이뇨

時間表에도 없는 車時間을
사람들은 지금 기다리고 있다

疲困과 시장끼와 외로움까지 둘르고 앉아

눈을 감고 기다리는 사람들

목메여 소리치며 부를 그 사람은

언제나 온다는 것이냐

塔위의 時計는 얼굴을 가리고

아무도 지금 몇時인지 알 수가 없다

유관순 누나

無窮花꽃둘레 만들어 가지고
언제나 누나무덤 찾아가 뵙나요
유관순누나는 壯하기도 하지

日帝에게 당한 가지가지 苦楚
얘기 들으면 내 살이 막 아파옵니다
어느 나라 獨立하던 얘기 들어도
이처럼 매웠던 일은 또 없읍니다

모진 채찍 事情없이 몸에 박혀도

꺾이지 않은 뜻은 大韓獨立

父母를 죽이고 同生들을 불에 태고

日本刀에 제 몸이 베어지면서도

숨지며 불른 것은 獨立萬歲

그는 거룩한 이 땅의 딸

大韓의 불타는 魂이었읍니다

이제 거룩한 누나 몸에 피를 닦아줄

어디메 깨끗한 손길이 있답니까

그대 말을 타고

멀리서 鍾소리가 들려옵니다

날이 인제 새나 봅니다

千年같은 기인 밤이였읍니다

孤獨과 어두움이 나를 둘르고

모진 바람 챗죽모양 내게 감겨들었건만

그대를 기다리며 이 밤을 참었나이다

그대 얼굴은 나의 太陽이었나니

외로움에 몸부림치면

커어다란 얼굴 해주고

밖에서 마음 얼어 들어오면 녹여주고

한밤中 눈물 지면 씻어 주었읍니다

어늬 客主집 마구깐

말의 눈엔 새벽달이 비치고

曲馬團 기집아이들도 잠이 들었을 무렵

그대를 기두루는1) 내 祈禱가 올려졌나이다

---

1. 기두루는: 기다리는.

이제나 오시렵니까 하마[2] 저제나 오시렵니까

당신의 말굽소리 듣는다면

담박에 내가 十年은 젊어지겠나이다

---

2. 하마 :행여나.

내 가슴에 薔薇를

더불어 누구와 얘기할 것인가

거리에서 나는 사슴모양 어색하다

나더러 어떻게 노래를 하라느냐

詩人은 「카나리아」가 아니다

제멋대로 내버려 두어다오

노래를 잊어버렸다고 할 것이냐

밤이면 우는 나는 杜鵑!

내 가슴 속에도 들薔薇를 피워다오

슬픈 祝典

葬儀의 行列입니다

喪輿가 나갑니다 꽃喪輿가 나갑니다

첫날 색씨의 가마처럼──

지나가는 사람들 敬虔히 帽子를 벗읍니다

그에게 마주막 禮儀를 보내기 위해

그가 伯爵의 夫人이엇건

저자거리에 구을르든 女人이엇건

이런 쓸데없는 애기는

알 바 아닙니다

이 世上을 떠나는

우리와 영영 作別하는 이의

嚴肅한 行列앞에

다 敬虔히 帽子를 벗고 作別해 줍시다

어머니 날

온 따위의 어머니들이 꽃다발을 받는 날

生前의 不孝를 뉘우쳐

어머니 무덤에 눈물로 드린

『안나 · 쟈ー비쓰』[1]의 한송이 『카ー네숀』이

오늘 천송이 만송이 몇억송이로 피였어라

---

1. 안나 쟈비쓰: 안나 자비스. 미국 버지니아주에 살았던 여성으로서, 그녀가 1907년 어머니 기일에 참석한 사람들에게 카네이션을 나눠주고 돌아가신 어머니를 기린 데서 연유하여 '어머니날'이 제정되었다.

어머니를 갖인 이 빨간 『카ー네숀』을 가슴에 달고

어머니 없는 이는 하이얀 『카ー네숀』을 달아

「어머니날」을 讚揚하자

앞山의 진달래도 뒷山의 綠蔭도

눈주어볼 겨를 없이

韓國의 어머니는 黑奴모양 일을 하고

아ー모 讚揚도 질거움도 받은 적이 없어라

이 땅의 어머니는 불상한 어머니

한알의 밀알이 썩어서 싹을 내거니

靑春도 幸福도 子女위해 勇敢히 犧牲하는

이 땅의 어머니는 壯하신 어머니

미친 빗바람 속에서도 어머니는 굳세였다

五月의 비취빛 하늘아래

오늘 우리들의 꽃다발을 받으시라

大地와 함께 오래 사시어

이 江山에 우리가 피우는 꽃을 보시라

芍藥

그 군은 흙을 떠받으며

뜰 한 구석에서

芍藥이 붉은 순을 뽑는다

늬도 좀 저모양 늬를 뽑어 보렴

그야말로 즐거운 삶이 아니겠느냐

六十을 살아도 헛사는 親舊들

世上눈치 안보며

맘대로 산 날 좀 帳記에서 뽑아보라

젊운 나이에 치미는 힘들이 없느냐

어찌 할수 없이 터지는 情熱이 없느냐

남이 뭐란다는 것은

오로지 못생긴 親舊만이 問題삼는 것

남의 자(尺)로는 남들 재라하고

너는 늬자로 너를 재일 일이다

芍藥이 제순을 뽐는다

무서운 힘으로 제순을 뽐는다

어머니

聖母「마리아」를 비롯해서

어머니는 괴로워야 했다

어디서 무슨 일이 났다면

괘니 가슴 철썩 내려앉는 것——

두더지는 햇볕이 싫어 땅속으로 땅속으로 든다지만

● 『사상계』 1955년 3월호에 발표.

어느 世上에서나 地下로 地下로만 드는 아들이 있어

모진 바람이 눈위에 소리칠 때마다 더운 房에선 잠을 못자고

어머니는 늙었다

너도 남들처럼 너도 좀 남처럼

「넥타이」 매고 행길로 뻐젓이 훨훨 다녀보렴

어머니가 죽기 前에

한번만 이런 모양 보여주렴

卷 頭 詩 (一)

우리들 살림사리 보람 있을

祖國의 아름다운 來日을 위해

저마다 오늘의 짐을 즐겁게 **지자**

남빛 바다는 오늘도 푸른데

너 갈메기모양 어듸로 다 날리느냐

이 나라 튼튼한 살림의 고임돌 되고저

우리
다
같이

한
여름
해바라기를
닮어
보자

卷頭詩 (二)

댕댕이 넝쿨1) 위에 八月이 긴다

저 넘어 山꼴에선 동배2)가 한창 여물고

저마다 바쁜 茂盛의 季節

아름다운 기운의 祭典이여

사슴이 보일것 같은 山길을

파아란 가랑닢 꺾어들고

---

1. 댕댕이 넝쿨: 댕댕이덩굴.
2. 동배: 동부(평안 방언). 콩과의 한해살이 덩굴성 식물.

휘이적 휘이적 거러가면

어듸서 山꿩이 푸두둑 날르는 낮

별안간 恍惚해지는 世界

내 가슴에 아로 색여지는

푸른 노리개들——

절렁절렁 흔들며

내가 사슴모양 가다

당신을 위해

薔薇모양

으스러지게 곱게 피는 사랑이 있다면

당신은 어떻게 하시죠

敢히 손에 손을 잡을수도 없고

속싹이기에는 좋은 나이에 열없고1)

---

1. 열없고: 겸연쩍고 부끄럽고.

그래서 눈은 하늘만을 쳐다보면

얘기는 우정2) 딴데로 빗나가고

차디찬 몸짓으로 뜨거운 맘을 감추는

이런 일이 있다면 어떻게 하시죠

행여 이런 마음 알지 않을까 하면

얼굴이 화끈 달아 올라

그가 몰루기를3) 바라며

말 없이 지나가려는 女人이 있다면

당신은 어떻게 하시죠

---

2. 우정: 일부러(강원 방언).
3. 몰루기를: 모르기를

哀 悼

모두다 바다로 찾아나간 午後였다

더위는 室內를 푹푹 삶아냈다

비 오듯 듯는[1] 땀을 씨슬 생각도 않고

靑年은 送信機를 고치기에 熱中했다

疲勞와 시장人기가 온몸을 둘러쌌다

刹那였다 바루 이 刹那였다

그는 感電해 殉職을 했다

---

1. 듯는: 떨어지는

스물세살이 꽃봉오리모양 꺽겼다

마지막 一秒까지 나라를 위해 바친 情熱이

七月의 太陽과 함께 불잉글2)처럼 탔다

職場마당 한구퉁이

부서진 車깐속에

배곪은 날들과 함께 살며

어매랑 아배랑 故鄕이 그리웠단다

이 땅의 아들 貴한 아들은

共産軍의 戰災통에

또 하나 이렇게 갔다

---

2. 불잉글: 불이 이글이글하게 핀 숯덩이.

同僚들의　눈물에　떠서

꽃둘레를　목에　걸고

山개나리랑　「따리아」랑

하ー얀　白도라지꽃에　덮여

사람들　帽子　벗는　敬禮를　받으며

聖스러운　殉職靑年은

謙遜히　떠나갔다

同僚들　가슴속에　불을　이러주며

故李成實君永訣式場에서……

八一五는 또 오는데

모라치는 괴로움이 臨終모양 急하던 밤은

「解放」의 偉大한 날을 나아주다

할머니는 농속의 太極旗를

대낮에 끄내들고 허둥지둥 나오고

큰 기쁨은 슬픔과 通해

눈물 주먹으로 닦으며

光化門 海駝1) 앞 큰길을

─────────

1. 海駝: 해태(獬豸). 시비와 선악을 판단하여 안다고 하는 상상의 동물. 사자와 비
   슷하나 머리에 뿔이 있다고 한다. 여기서는 광화문에 있는 해태상을 말한다.

어엉어엉 울어 건느는 젊은 이도 있었다

사람들 어지간한 원함2) 다 밟아버리고
우리끼리 아름답게 껴안던 날
이 날은 神도 祝福했으리라

지나간 그 날이 왜 이처럼 그리우냐
우리들의 感激은 어디로 갔느냐
척을 진 親舊와도 情답게 손을 잡던
너그러운 마음씨는 어따가 놓쳤느냐
斷罪者가 없이도
스스로 에누리 없이 뉘우쳤거니——

2. 원함: 怨함.

이제 쇠사슬을 쥔 北方의 검은 손이

새로이 民族의 발목을 노리는데

우리 다시 뜨겁게 손을 잡아야 하지 않겠는가

八·一五는 오는데

八·一五는 또 오는데

五
月

「이스라엘」百姓보다 더 서러웠든 우리

오랜 겨울이 지나고 이제 新生의 힘찬 脈搏이 뛴다

鬪士의 傷處 燦爛히 빛나고

흐터졌든 겨레들 모여든 거리

모두 모두 껴안고 울고 싶어라

고흔 아침 祖國의 旗빨이

莊嚴하게 날리는 아래서 너도 나도

建設의 「함마」를 들자 그리하야

우리 文化의 塔을 싸올리자

五月의 太陽

五月의 바다

福받은 祖國의 五月이여

聖 誕

「메시야」가 世上에 오시는 새벽

어두운 밤을 헤치는 聖誕의 노래 소리

집집이 불빛 燦爛히 흐르고

사람들 메마른 가슴에 즐거움 깃들어나니

兄弟여 「메리·크리쓰머쓰」!

●『경향신문』에 발표.

人類　救贖하러　오시는　王의　王

「베들레헴」　가난한　집　마구간으로

謙遜히　오신　날

당신의　苦楚스러운　生──

가시冠에　쓴　잔이　約束된　날이어니

따우의　榮光을　당신에게　돌리나이다

가슴속　헤치며　드는　저　聖堂　鍾소리

蕩子도　도둑도　당신의　罪많은　아들들이

聖堂의　尖塔을　우러러보며　十字를　그읍니다

오늘 이 나라 겨레들은

또 하나의 「이스라엘」百姓

저들의 눈에서 눈물을 씻겨 주소서

主여 외로운 이들에게 降福하소서

당신의 祝福은 우리에게 있어서야겠나이다

晚◦
秋

가을은 馬車를 타고 다라나는 新婦

그는 온갖 華麗한 것을 다 거두어 가지고 갑니다

그래서 하늘은 더 아름다워 보이고

大氣는 한層 밝아 보입니다

● 『동아일보』 1953년 10월 15일에 발표.

한금 한금 넘어가는 黃昏의 햇살은

어쩌면 저렇게 眞珠빛을 했읍니까

가을 하늘은 밝은 湖水

여기다 낯을 씻고 이제사 精神이 났읍니다

銀河와 北斗七星이 맑게 보입니다

비인 들을 달리는 바람소리가

웨 저처럼 요란합니까

우리에게서 무엇을 아서 가지고

가는 것이 아닐까요

六月의 牧歌

山羊도 사뭇 푸른 季節

질동이[1]를 앞에 논 아주마니는 아이들에게

파아란 가랑닢에다 무릇을[2] 싸서 주고

하늘은 도무지 넓기만 한데——

언년이는 싸리꽃을 따서는 부비며 부비며

칡넝쿨모양 덮이는 생각을 남모르게 재우다

그와 더부러 있을수 있는 사람은 얼마나 幸福할까

그에게 씌여지는 물건들은 오죽이나 福될까

● 『동아일보』 1954년 5월 25일에 발표.
1. 질동이: 질흙으로 빚어서 구워 만든 동이.
2. 무릇: 백합과의 여러해살이풀. 파, 마늘과 비슷한데 봄에 비늘줄기에서 마늘
   잎 모양의 잎이 두세 개가 난다. 어린 잎과 비늘줄기는 식용이며 구황 식물로
   사용된다.

지긋이 참고 견딤은

하나의 즐거운 괴로움이기에

스스로 낸 律法앞에

時時로 맵게 꿇어 앉다

어쩐지 혼자서도 늘 함께 있는 마음

어젯밤 뻐꾹이 소리도 그와 같이 들었다

뒷山의 흰 함박꽃도 그이와 볼수 있었다

한집이 아니라도 같이 있는 마음

이 마음이

오늘도 언년이를 살리다

哭 矗 石 樓

論介 치마에 불이 붙어

論介 치맛자락에 불이 붙어

論介는 南江 비탈위에 서서

火神처럼 무서웠더란다

「우짝고 오매야! 矗石樓1)가 탄다 矗石樓가」

---

1. 촉석루: 경상남도 진주시 본성동에 있는 누각. 남강(南江)에 면한 벼랑 위에 세워진 단층 팔작(八作)의 웅장한 건물로, 진주성의 주장대(主將臺)이다.

마지막 지붕이 무너질제는

기와짱 내려앉는 소리

온 晋州가 震動을 했더란다

기와짱만 내려앉은게 아니요

고을 사람들의 넋이 내려앉았기에

「飛鳳山」2)·「西將台」가 몸부림을 치더란다

조용히 살아가던 조고마한 마을에

이 어쩐 慘酷한 災殃이었나뇨

---

2. 비봉산: 경상남도 진주에 위치한 산. 비봉산 남쪽에 진주시가지가 발달하였다.

밀어부친 훤한 벌판은

일찌기 우리의 낯익은 商店들이 있던 곳

할매때부터 情이 든 우리들의 집이 서 있던 자리

문둥이가 우는 밤

晉州사 더 설게 痛哭하는 것을

晉州사 더 설게 杜鵑모양 목메이는 것을

—— 註 오매(어머니)、할매(할머니)

나에게 「레몬」을

하로는 또 하로를 삼키고

來日로 來日로

내가 걸어가는게 아니오 밀려가오

구정물을 먹었다 吐했다

혀우적댐은 溺死를 하기가 억울해서요

● 『세계일보』 1957년 5월에 발표.

惡이 楊貴妃꽃마양 피어오르는 마음

저마다 모종을 못내서 하는 판에

子息을 나무랄게 못되오

울타리안에서 기를 수는 없지 않소?

말도 안나오고

눈 감아버리고 싶은 날이 있오

꿈대신 무서운 審判이 얼른거리는데

좋은 말 해줄 親舊도 안보이고!

할머니 내게 「레몬」을 좀 주시지

없음 향취있는 아무거고

곧 窒息하게 생겼오!

봄 비

江에 어름짱 꺼지는 소리가 들립니다

이는 내 가슴속 어디서 나는 소리 같습니다

봄이 온다기루

밤새껏 울어 새일 것은 없으련만

밤을 새워 땅이 꺼지게 痛哭함은

이 겨울이 가는 때문이였읍니다

한밤을 줄기차게 서러워 함은

겨울이 또 하나 가려함이었읍니다

華麗한 꽃철을 가져온다지만

이 겨울을 보냄은

견딜수 없는 悲哀였기에

한밤을 울어울어 보내는 것입니다

이 詩集을 내면서

저의 아주머니께서 언니랑 조카랑 우리 몇몇을 두시고 그처럼 忽忽히 이 世上을 떠나 가신지도 於焉 一年이 막 됩니다. 아주머니는 아직도 얼마 더 이 世俗에 살아 게셨으면 얼마나 좋았을까 하고 이즈음 더욱 懇切히 생각하여 집을 어찌 할수 없읍니다. 事實 殞命하시기 그 瞬間까지도 그 恨많었던 「삶」에의 一種의 愛着이랄까, 「주검」이란 것에 對하여 몹씨도 두러워도 하셨고 좀 더 사시고 싶어 애쓰셨든 것입니다. 아주머니의 그 짧었든 一生涯의 後半은 더욱 「凄慘」이라고도 하리만치 不幸한 것이었읍니다. 樓下의 그 조고마한 宅에서 오직 한결같이 「天主님」만을 우러러 모시고 외로히, 쓸쓸히 지냈었든가는 이미 모두 다 아시는 바입니다. 그러나 이 「孤寂」이 오히려 그이로 하여금 本然의 自己에 서시게 하였고 마음의 平靜이며 生의 참된 福이며를 가지시게 하였다고도 할수 있을 것이기도 합니다만.

그것은 지금부터 몇日前, 雨前의 어느 무더운 날, 아마 지난 달 末日이었든가 봅니다. 저는 그날도 無心히 헝크러진 書庫를 뒤지며 하노라니 뜻밖에도 아주머니의 낯익은 글씨로 된 두 뭉치의 詩와 隨筆의 「노ー트」를 찾어 냈읍니다. 그러지 않어도 故人의 一周忌를 爲

하여 自由文協에서 뭐 하시겠노라고 K先生으로부터 電話도 걸려 왔었고 또한 저이들로서

도 그의 冥福을 다시 빌고저 이번에 「全集」을 꾸며 볼까 하든 次인지라 얼마나 기뻤든지

몰랐읍니다. 여기에 부랴부랴 한두분의 마음으로 되는 助力도 얻고 하여 서두러 내게 된

것이 于先이 詩集인 것입니다.

마침 「書名」、「目次例」까지 꾸며져 있어서 一切 順序、加除의 勞는 덜었으나 그 中 「그

대 말을 타고」다음에 넣어져 있은 「하늘은 사뭇 곱기만 한테」에 始하는 「五月의 언덕」은

「六月의 언덕」과 通하는 바도 있고 하여 削하였고、그대신 「봄비」만을 任意 追加하여 總篇

數四十二個그대로 하였읍니다. 그리고 「밤中」다음의 「西班牙서 온 處女」를 그리신 「물

잠자리」는 牛이 없어졌기에 不得已 실을수 없었읍니다. 이 外에도 어떤 雜誌인가에 내신

「감추어 놓고」며 「가난한 사람들」이며 그리고 아직 發表하신 일이 없는 「서울 求景」外 二

三의 題目없는 作品等 數篇도 이번에는 빼기로 했읍니다.

이 詩들은 그 大牟이 이미 都下의 各紙誌上에 揭載된 바 있는 것들이며 오직 「悲戀領」、

「사슴의 노래」、「숤은 祝典」、「당신을 爲해」 및 「哀悼」만이 아직 未發表의 遺稿입니다. 그

러나 그 나머지의 것도 아주머니의 세 旣刊의 詩集에는 收錄되어 있지 않습니다. 이 詩帖

은 檀紀四二七一年一月刊의 「珊瑚林」, 四二七八年一〇月의 「窓邊」, 四二八六年三月의 「별

을 쳐다보며」에 이어 第四次의 것으로 되는 셈입니다.

이 中 『나에게 「레몬」을』은 바루 도라가시기 前날 世界日報文藝欄에 실려졌었기에 故人

의 哀切한 하나의 「遺言」이기도 합니다.

디에 寄稿되었는가에 對한 「메모」는 끝끝내 찾어낼수 없었읍니다. 다만 「캐피탈、웨인」와

「봄의 序曲」이 四二八九年一一月二七日, 「아름다운 새벽을」이 八九年一一月二五日, 「六月

의 언덕」이 八八年六月七日, 「落葉」이 八九年一一月 日, 「불덩어리 되어」가 八五年八月一

五日, 「晚秋」가 八六年一〇月一五日, 「六月의 牧歌」가 八七年五月二五日에 各其 나왔읍니

다. 그리고 「船醉」와 「落葉」이 東亞、「봄의 序曲」이 서울、「六月의 언덕」이 大韓、「聖誕」

이 京鄕의 各紙에、「아름다운 새벽을」、「五月의 언덕」、「내 가슴에 薔薇를」、「어머니 날」

「五月」等各篇이 이름 모를 新聞들에 揭載하여졌읍니다. 다음에 「三月의 노래」가 「少年世界」、

「꽃길을 걸어서」가 「女性界」、「새벽」、「밤中」이 「모던、타임스」의 各誌에 실려졌

고 以上의 外의 것이 亦是 그 이름을 알수 없는 여러 雜誌에 收載된 것들입니다.

도리켜 생각컨대 지금은 이미 도라가신 아주머니께서는 그 어질고 孤高한 族屬、「사슴」을

퍽 좋아 하셨나 봅니다. 그이의 글 中에서 우리는 사슴을 많이 봅니다. 自己를 아마 사슴

에 比겨 사슴처럼 높게 머ー르게, 말하자면 사슴처럼 깨끗이 사시고자 했었는지도 모르겠

읍니다. 이 册名이 「사슴의 노래」로서 定함에 있어 故人과 더부러 더욱 感慨가 없을수 없읍

니다. 참으로 「사슴」! 이렇게 부를 때의 語感이 부드럽고 그 音律이 퍽 사랑스러움에 있

어 더욱 마음에 洽足함을 느끼게 하는 바입니다。

이 일이 오히려 아주 늦어졌나 봅니다. 도라가시자 나왔어야 할 것을 하니 마음이 더욱

서러우며 안 되었읍니다. 그러나 늦었으나마 이 遺作集이 이렇게 世上에 나가게 되고 보니

어께가 좀 가벼워지며 一縷의 기쁨조차 있읍니다. 이번에 金、毛兩先生님의 珠玉같이 貴한

序文을 받게 된데 對하여는 그 榮光 이루 말할수 없이 크며, 特히 金珖燮先生、金宗文先生

의 精誠으로의 도움에 對하여는 다시금 이 紙上을 빌어 感謝의 말씀 드리는 바입니다. 더

욱이 짧은 時日에 이 刊行을 맡으신 翰林社와 東亞出版社工務部의 勞苦를 깊이 銘肝하옵니다.

이 「사슴의 노래」가 다 되게 되면 그 첫卷을 中谷里 山기슭에 永劫然 寂寥히 누워 게시

는 저의 아득히 그리운 아주머니의 그 조고마한 土墓앞에 바치고저 하나이다。

檀紀四二九一年六月一〇日

崔　用　貞

詩 集　사슴의 노래

頒價　七五〇圜

檀紀四二九一年六月一〇日　印刷
檀紀四二九一年六月一五日　發行

著 作　盧　天　命
著作權　盧　基　用
發行者　金　台　運
印　刷　東亞出版社工務部
發行處　서울特別市西大門區義州路一街三七

翰　林　社

電話③五九五九
（登錄　第四二八九、八、八
　　　　二八八、九號）

노천명 시에 나타나는 근대성과 여성성에 대한 인식

노천명 시에 나타나는 근대성과 여성성에 대한 인식*

문 혜 원 (아주대 국문과 교수)

노천명은 본격적인 의미에서 '여성시인'이라는 이름을 붙일 수 있는 식민지 시대의 대표적인 여성 시인이다. 이보다 앞서 김명순, 김일엽, 나혜석 등이 시를 쓰긴 했지만, 이들의 시는 질과 양 모두 본격적인 창작이라기보다는 아마추어 단계에 머물러 있었다. 노천명의 시는 질과 양의 측면에서 이들과는 구별되는 뚜렷한 차이가 있다. 그녀는 본격적인 시작 수련 과정을 거쳐 등단했고, 시를 개인 감정의 단순한 표출이 아닌 독립된 작품으로 인식했다. 잘 다듬어진 언어와 고전적인 절제미, 여성적인 섬세함 등 그녀의 시가 가지고 있는 장점은 이러한 의식의 소산이라 할 수 있다.

그녀의 시는 고전적이며 단아한 전형적인 여류 서정시로 평가되어왔다. 잘 알려진 「사슴」이나 「길」, 「푸른 오월」 등이 그 대표적인

---

* 이 글은 졸저, 『한국 현대시와 전통』(태학사, 2003)에 실려 있는 논문을 수정·보완한 것이다.

예이다. 그러나 이 시들은 노천명의 시 중에서도 중기 이후의 것들로서, 「사슴」을 제외하면 대부분 『창변』에 실린 것들이다. 이처럼 잘 알려진 시 외의 작품들에서는 여성으로서의 삶에 대한 회의나 자폐적인 성향, 시대에 대한 비판 등 다양한 주제들이 나타난다. 그 예로 초기 시를 묶은 『산호림』에는 여성으로서의 삶에 대한 회의를 보여주는 시들도 있고, 당시 유행하던 모더니즘 시들과 유사한 시들도 있다. 그러나 이러한 경향들은 후기로 오면서 점차 사라지고, 그녀의 시는 전통적인 소재와 주제를 가진 여류 시로 변모한다. 이같은 변화에는 당시의 최고 엘리트 여성으로서 노천명이 겪었던 갈등과 좌절이 중요한 동기로 작용하고 있다. 따라서 노천명의 전반적인 시세계를 살펴보기 위해서는 첫 시집인 『산호림』부터 『창변』, 『사슴의 노래』에 실려 있는 시 모두를 검토할 필요가 있다.

1. 근대 문물에 대한 호기심과 동경

『산호림』의 앞부분에 실려 있는 시들 중에는 바다나 포구, 여행 등을 소재로 한 시들이 많다. 이 소재들은 노천명만이 아니라 1930년대 김기림이나 이원규, 김조규 등 당시 모더니즘 시인들의 시에서 공통적으로 나타나는 것이었다. 이때 '바다'는 새로운 문물이 들어오는 열려 있는 근대화의 통로로 상징되고, '항구'는 새로운 세계로 나아가는 진취적이고 미래적인 장소로 해석된다.

노천명의 시에서 역시 바다는 정열과 그리움의 대상이면서 낭만과 자유로움의 상징으로 나타난다. 『산호림』에 실려 있는 「바다에의 향수」, 「교정」, 「슬픈 그림」, 「출범」 등은 그 예이다. 그러나 그녀의 시에 나타나는 바다는 명랑하고 밝은 이미지와 어둡고 폐쇄적인 이미지를 동시에 가지고 있다.

> 기억에 잠긴 남빛 바다는 아드으하고
> 이를 그리는 정열은 걷잡지 못한 채
> 낯선 하늘 머언 물 위에서
> 오늘도 떠가는 구름으로 마음을 달래보다
>
> 지금쯤 바다 저편엔 칠월의 태양이 물 위에 빛나고
> 기인 항해에 지친 배의 육중스런 몸뚱이는
> 집시의 퇴색한 꿈을 안고 푸른 요 위에 뒹굴며
> 낯익은 섬들의 기억을 뒤적거리리……
>
> 푸른 밭을 갈아 흰 이랑을 뒤에 남기며
> 장엄한 출범은 이 아침에도 있었으리……
> 늠실거리는 파도 ― 바다의 호흡 ― 흰 물새 ―
> 오늘도 내 마음을 차지하다 ―
>
> ― 「바다에의 향수」 전문

2연에서 바다는 '찬란히 빛나는 칠월의 태양'이나 '집시의 퇴색한 꿈', '낯익은 섬들의 기억' 등은 이국적인 느낌과 함께 자유로

움과 찬란함의 상징이다. 이러한 이미지는 3연에서 푸른 물결을
일으키며 출발하는 배의 힘찬 출발로 연결된다. 그러나 그 바다를
바라보는 화자의 위치는 정반대로 '지금 이곳'에 묶여 있다. 그는
바다의 정열을 그리워하지만 실제로는 '낯선 하늘 머언 뭍 위'에
서 그 바다를 향해 떠가는 구름을 바라보고 있을 뿐이다. '장엄한
출범'은 아침에도 있었지만 화자와는 무관하다. 그러므로 2, 3연
에 나타나는 바다의 이미지와 1연의 바다의 이미지는 사실상 전혀
다른 이미지를 가지고 있다. 2연과 3연에서 묘사된 바다가 당시의
시에서 나타나는 일반적인 이미지에 가깝다면, 노천명 자신의 해
석이 두드러지는 것은 1연이다. 여기서 화자가 사실상 그리워하는
바다는 '기억에 잠긴 남빛 바다'이다. 그것은 화자가 직접 체험함
으로써 기억에 남아 있는 바다라기보다는 그것 자체가 아슴푸레한
어떤 원형 같은 것이다. 이러한 이미지는 「동경」에서 '피리소리'
로 청각화된다.

내 마음은 늘 타고 있소
무엇을 향해선가—

아득한 곳에 손을 휘저어보오
발과 손이 매어 있음도 잊고
나는 숨 가삐 허덕여보오

일찍이 그는 피리를 불었소

피리 소리가 어디서 나는지 나는 몰라
예서 난다지…… 제서 난다지……

어드멘지 내가 갈 수 있는 곳인지도 몰라
허나 아득한 저곳에
무엇이 있는 것만 같애
내 마음은 그칠 줄 모르고 타고 또 타오

-「동경」 전문

 화자의 마음은 어딘지 모를 아득한 곳을 향해 타고 있다. 그 '어
드메'가 어떤 곳인지는 역시 밝혀지지 않지만, 화자는 자신도 모
를 그 무엇이 있을 것이라는 느낌에 사로잡혀 있다. 시적인 맥락
으로 보면, 이 느낌은 일찍이 그가 불었던 '피리소리'에 대한 기억
때문이다. 화자는 그 피리소리를 찾아 마음을 태우고 있는 것이
다. 그러나 여기서도 '피리소리'는 막연한 인상일 뿐 어디서 나는
것인지 누가 부는 것인지 명확하지 않다. 게다가 그것을 찾아 나
서려는 '나'의 손과 발은 묶여 있다. 막연한 어떤 느낌을 지향하고
있다는 것과 화자가 이곳에 묶여 있다는 점에서 이 시는 「바다에
의 향수」와 공통점을 가지고 있다. 노천명의 시가 당시의 모더니
즘 시들과 비슷하면서도 구별되는 것은 이 부분이다. 그녀의 시에
서 바다에 대한 동경은 자유분방한 이국 취미가 아니라 매어 있는
현실과 대비되는 자유로움에 대한 갈망인 것이다. 이는 노천명의
여성으로서의 정체성에 대한 인식과 맥을 같이한다.

2. 여성 정체성의 인식과 가부장 질서 비판

노천명의 고전적이고 단아한 시 한편으로는 가부장제 질서 속에서 희생되는 여성과 억압적인 삶에 대한 회의가 드러나는 시들이 있다. 『산호림』에 실려 있는 「연자간」, 「참음」, 「말 않고 그저 가려오」 등이 대표적인 예이다. 「연자간」은 시집 온 후 가정과 노동에 얽매어 쳇바퀴를 도는 것처럼 살아가는 여성의 생활을 연자방아를 돌리는 말에 비유하여 표현하고 있다.

> 삼밭 울바주엔 호박꽃이 희한한 마을
> 눈 가린 말은 돌 방아를 메고
> 한종일 연자간을 속아 돌고
> 치부책을 든 연자지기는 잎담배를 피웠다
>
> 머언 아랫말에 한나절 닭이 울고
> 돌배를 따는 아이들에게선 풋냄새가 났다
> 밀을 찧어가지고 오늘 친정엘 간다는 새댁
> 대추나무를 쳐다보고도 일없이 좋아했다
>
> ─「연자간」 전문

새댁은 오늘 친정에 간다는 기쁨에 가득 차 있고 말은 연자간에서 방아를 돌리고 있다. 말이 방아를 찧는 것은 아마도 새댁이 오늘 가지고 갈 밀을 얻기 위한 것일 것이다. 조용하고 평화로운 풍

경과 잔뜩 들떠 있는 새댁의 모양 이면에는 고단한 새댁의 삶이
암시되어 있다. 새댁의 삶은 속아서 눈을 가리우고 종일을 연자방
아를 돌리고 있는 말에 비유된다. 그것은 결국 가부장적인 제도하
에서 혹사당하는 여성의 삶을 역설적으로 드러내고 있는 것이다.
친정에 간다는 기쁨으로 '대추나무를 쳐다보고도 일없이 좋아하
는' 새댁의 모양은 출가한 여인들의 고달픈 삶을 간접적으로 보여
주고 있다.

　유교적인 윤리하에서 여성들은 철저하게 삼종지도(三從之道)를
지키면서 살아야 했다. 어려서는 아버지를 따르고, 결혼해서는 남
편을, 남편이 죽고 나서는 아들을 따르는 것이 여성의 도리라는
것은, 여성을 무능력하고 종속적이며 열등한 존재로 비하하는 대
표적인 억압이었다. 여성은 남성의 보호와 굴레가 없이는 독립적
으로 살아갈 수 없다고 주입시킴으로써 여성에 대한 남성의 지배
를 합리화하는 것이다. 이같은 교육을 받고 자란 여성은 결혼을
하는 순간부터 자신의 출생 터전인 친정과는 인연을 끊고 시집의
가문을 위해 모든 것을 바쳐야 했다. '출가외인(出嫁外人)' 이라는
말은 시집간 딸은 더 이상 가족의 범주에도 들지 못함을 의미하는
것이다. 시집의 가문을 위해 모든 욕망을 버리고 희생한 소수의
여성들에게는 '열녀' 라는 칭호가 내려졌고, 이 질서에서 조금이라
도 벗어나거나 그것에 저항하는 여성들은 '칠거지악(七去之惡)' 을
저지른 죄인으로 취급받았다. 칠거지악은 남성 중심의 가부장적
질서에 대항하는 여성을 악인 혹은 범법자로 규정함으로써 그들을
사회 밖으로 축출하는 기능을 담당했다. 이런 상황에서 여성의 친

정 나들이는 생각도 할 수 없는 것이었고, 희생과 봉사에 따르는 아주 희귀한 보상이었던 것이다.

여성들은 제도의 억압을 참고 그것에 순응하며 사는 것이 부덕(婦德)이라고 배우며 성장한다. 다른 선택의 여지는 없고 오직 인내와 순종만이 요구되는 것이다.

> 이 가슴 맺힌 울분 불꽃 곧 될 양이면
> 일월(日月)도 녹을 것이 산악(山岳) 어이 아니 타랴
> 오늘도 내 맘만 태며 또 하루를 보냈노라
>
> 임이 가오실 제 명심하란 참을 인(忍) 자
> 오늘도 가슴속 치미는 불덩이를
> 참음의 더운 눈물로 구지껏 사옵내다
>
> ― 「참음」 전문

임이 내게 가르쳐준 부덕은 오직 참음(忍)이다. '나'는 오직 그 윤리를 새기며 참고 있지만, 가슴에 맺힌 울분은 해와 달을 태울 만큼 깊고 뜨겁다. '가슴속 치미는 불덩이'를 가슴에 묻고도 참고 견디는 여성의 삶은 어쩔 수 없이 살아가야 하는 한스러운 삶이다. 노천명은 여성의 불합리한 삶이 가부장제 질서만이 아니라 그 속의 남성들의 의식에도 원인이 있다고 보고 있다.

> 말보다 아름다운 것으로 내 창을 두드려놓고

371 ·

무거운 침묵 속에 괴로워 허덕이는
인습의 약한 아들을 내 보건만
생명이 다하는 저 언덕까지 깨지 못할 꿈이라기
나는 못 본 체 그저 가려오
호젓한 산길 외롭게 떨며 온 나그네
아늑한 동산에 들어 쉬라 하니
이 몸이 찢겨 피 흐르기로
그 길이 험하다 사양했으리—

'생'의 고적한 거리서 그대 날 불렀건만
내 다리 떨렸음은—
땅 위의 가시밭도 연옥의 불길도 다 아니었소
말없이 희생될 순한 양 한 마리
⋯⋯다만 그것 뿐이었소⋯⋯

위대한 아픔과 참음이 그늘지는 곳
영원한 생명이 깃들일 수 있나니
그대가 나어준 푸른 가닥 고운 실로
내 꿈길에 수놓아가며 나는 말 않고 그저 가오
못 본 체 그냥 가려오⋯⋯

-「말 않고 그저 가려오」 전문

이 시는 노천명의 개인사와 얽혀 있는 작품으로서 김광진과의 연애가 직접적인 소재가 된 것으로 보인다. 중요한 것은 이 시에 드러나 있는 남성의 태도와 그에 대한 노천명의 평가이다. 노천명은 '나'의 상대방인 남성을 '인습의 약한 아들'이라고 표현하고 있다. 상대방의 이 머뭇거림은 '이 몸이 찢겨 피 흐르기로 그 길이 험하다 사양했으리―'라는 구절과 대조를 이룬다. 그를 향한 '나'의 행위가 고통을 감내하는 헌신적이고 적극적인 것임에 반해 그는 침묵 속에서 허덕이고만 있는 무책임하고 소극적인 인물이다. '나'는 자신과의 관계에 떳떳하지 못하고 인습의 굴레에 얽매여 망설이고 있는 상대방을 간접적으로 비난하고 있다. 그의 머뭇거림으로 인해 '나'는 '말없이 희생될 순한 양 한 마리'의 처지가 된다. 여기서 노천명은 상대방 남성의 소극성과 사회적인 인습을 한꺼번에 비판하고 있다. 비록 결말에서 상대방을 향한 원망을 '그대가 나어준 푸른 가닥 고운 실로 내 꿈길에 수놓아가며 나는 말 않고 그저 가오'라는 말로 돌리고는 있지만, 이 시는 남성들의 무책임함과 사회적인 통념을 직접적으로 표현하고 있다는 점에서 중요한 의미가 있다. 여성의 삶이 왜곡되는 것은 고정된 제도만이 아니라 그것을 묵인하는 남성들에게도 책임이 있다는 것이다.

이같은 인식은 여성의 현실적인 삶에 대한 인식과 비판 의식을 보여주고 있다. 그러나 여성에 대한 인식이 항상 진보적이고 비판적인 것만은 아니다. 「보리」, 「여인」 등이 여성의 생활을 비현실적으로 그리고 있다면, 「춘향」, 「이름 없는 여인 되어」, 「임오시던 날」 등은 헌신적이고 순종적이며 사랑에 모든 것을 바치는 전통적인 여인상을 답습하고 있다. 이 중에서 「보리」, 「여인」 등은 여성

373 ·

의 생활을 남성의 시각에서 그림으로써 「연자간」, 「참음」에 나타
나는 정체성 인식과 상반된 시각을 드러낸다.

> 호박새 물결치는 보리밭
> 허리 굽힌 여인의 손엔 힘있게 낫이 번쩍이오
> 사악사악 베어지는가 하면 묶어지는 보릿단
> 맥추절(麥秋節)의 기쁨이 흰 낮 골짜구니에 피었소
>
> 가마를 타고 친정 동리(洞里)를 나오던 날
> 고운 옷은 처음이요 마지막이었소
> 연자간에선 보리 밀만 닦건만
> 휘파람 불며 가는 저 연인들보다 그가 행복하다오
>
> – 「보리」 전문

　표면상 이 시의 주제는 수확의 기쁨과 노동의 즐거움이다. 여인
은 보리밭에서 잘 익은 보리를 거두어들이며 기쁨에 가득 차 있다.
노천명은 그 기쁨을 '휘파람 불며 가는 저 연인들보다 행복하다'
고 표현하고 있다. 그러나 여인은 가마를 타고 친정 동리를 떠나온
후로 고운 옷은 입어보지도 못하고 계속되는 노동에 시달리는 인
물이다. 이처럼 고된 생활을 하는 여인네가 휘파람을 불며 가는 연
인들보다 행복하다는 것은 억지에 지나지 않는다. 실상 이 시에서
두드러지게 눈에 띄는 것은 '맥추절의 기쁨'이 아니라 '가마를 –
마지막이었소' 라는 부분에 실린 여성의 고된 삶의 모습이다.

빨래해서 손질하곤 이어 또 꿰매는 일
어린것과 그이를 위하는 덴 힘든 줄을 모르오
오랜만에 나와 거닐어보는 지름길엔
어느새 녹음이 이리 짙었소……

생각하면 꿈을 안고 열에 떴던 시절도 있어
이런 델 거닐면 떠오르는 그날들—
연짓빛 야회복처럼 현황했으나 실로 싱거웠소
한 어머니로 여인은 팔월의 태양처럼 미더워라

– 「여인」 전문

여인은 녹음이 짙은 줄도 모르고 '빨래해서 손질하곤 이어 또
꿰매는 일'에 매달려 있다. 한 인간으로서의 여인의 삶에는 '꿈을
안고 열에 떴던 시절', '연짓빛 야회복' 같은 시절도 있었지만, 그
모든 것은 '싱겁다'라는 말로 부정된다. 오직 여성은 '한 어머니'
로서, 가정에 충실한 아내로서만 존재 의의가 있는 것이다. 화려
했던 젊은 시절이 모두 헛되다는 회한의 심정은 역으로 가장 전형
적인 어머니상에서 그에 대응되는 가치를 발견하려는 심리로 기울
어진다. 그녀의 눈에 비친 여성의 가사 노동은 '어린것과 그이를
위하는' 것으로서 여성에게 보람과 존재 가치를 주는 것이다. 즉,
여성의 본분은 한 가정의 아내와 어머니로서 가사노동을 달게 감
수하는 것이라는 것이다. 이는 여성은 오직 자신을 희생하고 바침
으로써만 의미있는 존재라는 가부장제하의 통념을 그대로 수용하

는 것으로서 '현모양처'라는 환상을 반복하는 것이다. 남성의 자식이며 시집의 가문의 대를 잇는 자식을 잘 키우고 남성의 내조를 잘 하는 좋은 아내는, 오직 여성의 인내와 희생을 통해서만 가능한 것이다. 여성은 한 인간으로서의 자아를 내세우지 않고 다른 이들을 위해 헌신할 때에만 존재 가치를 인정받게 되는 것이다.

　이러한 생각을 담은 노천명의 시가 주로 시골이나 농촌을 배경으로 하고 있는 것은 주목을 요하는 일이다. 근대적인 문학 속에서 자연은 근대적인 삶의 질서에 의해 파괴되지 않은 무시간적 진정성의 영역을 구현하는 것으로 대두된다. 그것은 근대적인 것이 공적이고 남성적인 것을 상징함에 대해, 사적이고 여성적인 영역과 관계를 맺고 있는 것으로 파악된다. 근대적인 사회에서 여성은 남성에 비해 전문화와 분화가 덜 되어 있고 가정과 가족관계의 사사로운 관계망 속에 존재하며 생식 능력을 지니고 있어 자연과 보다 밀접하게 연관된 존재로 간주되어왔다. 그러나 자연에 대한 향수는 자연을 생활 기반으로 하는 삶과는 무관하게 근대성이 만들어낸 또하나의 환상일 뿐이다. 모성을 희생과 헌신, 나아가 구원의 상징으로 보는 것도 마찬가지이다. 이때 여성은 하나의 인간으로서 갈등과 고민을 겪으며 성장하는 존재가 아니라 아무런 갈등 없이 통일되어 있으면서 남성을 위해 봉사하는 성모적인 이미지로 그려진다. 물론 그것은 남성의 편의에 의해 생겨나는 또 다른 환상이다.

　노천명이 여성에 대한 상반된 시각을 보여주는 것은 그녀의 시가 자신의 경험과 감정을 표현하는 것에 집중하고 있기 때문이다.

초기부터 후기 시에 이르기까지, 그녀의 시들은 대부분 어떠한 사실이나 사건에 대한 노천명 자신의 느낌과 생각을 담고 있다. 『사슴의 노래』에 실려 있는 행사시 일부를 제외하면 그녀의 시는 철저하게 개인적인 내용으로 이루어져 있다. 감옥에 갇힌 상황에서 써낸 시들 또한 자신의 무고함과 힘듦을 호소하는 것이다. 그녀가 관심을 가지고 있었던 것은 자신과 자신을 형성하는 주변 환경으로서의 고향이나 사람들이다. 이것은 그녀와 연결된 한에서 의미를 지닌다. 여성에 대한 시각 또한 마찬가지이다. 자신의 삶이 투영되었을 때 그것은 불합리적이고 억압적인 것으로 인식되지만, 자신 외의 여성의 삶을 바라볼 때는 남성중심적인 시각을 버리지 못하는 것이다.

여성의 삶에 대한 인식은 유고시집인 『사슴의 노래』에 실려 있는 「어머니날」, 「작약」 등에서 다시 나타난다. 여기서 여성의 삶은 "黑奴 모양 일을 하"(「어머니날」)며 "세상 눈치 안 보며 맘대로"(「작약」) 한번 살아보고 싶은 갈망을 가진 것으로 표현된다. 그러나 이 시들 또한 자신의 삶을 '여성'이라는 공통된 조건에서 파악하는 것은 아니다. 따라서 노천명의 시는 여성 정체성을 인식하고는 있으나 그것이 여성 일반의 삶에 대한 인식으로 확산되지는 못한다는 한계가 있다.

3. 중심 담론에의 지향과 좌절

　노천명의 여성 정체성에 대한 인식이 확대되지 못하는 것은 그
녀의 엘리트 의식과 밀접하게 연결되어 있다. 그녀는 이화여전을
졸업하고 조선중앙일보사에 입사하여 기자로 활동하는 등 당시 남
성 엘리트와 비교해도 뒤지지 않을 만큼 재능 있는 여성이었다. 특
히 시 창작면에서는 진명여고보를 다니면서 『동광』지에 입선이 될
만큼 뛰어난 소질을 가지고 있었다. 따라서 그녀가 남성적 지배 질
서를 지향하고 그 속에서 인정을 받고자 했던 것은 자연스러운 일
이었다. 그러나 그녀는 자신이 지향했던 남성적 질서에서 배척당
했고 그 때문에 더욱 고립된다. 노천명은 거기서 오는 갈등을 개인
적인 것으로 돌려버린다. 그녀의 시에 일관되게 나타나는 고독과
단절감은 그러한 갈등을 표출하는 소극적이고 폐쇄된 방식이다.
　사회적 억압은 시대를 일찍 태어난 여성 엘리트 개인에게 가해
지는 고통이라고 인식된다. 노천명의 시를 설명하는 대표적인 단
어들인 고독과 향수, 고고함 등은 그녀의 엘리트 의식을 그대로
반영하고 있는 것이다.

　　　모가지가 길어서 슬픈 짐승이여
　　　언제나 점잖은 편 말이 없구나
　　　관이 향기로운 너는
　　　무척 높은 족속이었나 보다

물 속의 제 그림자를 들여다보고
잃었던 전설을 생각해 내고는
어찌할 수 없는 향수에
슬픈 모가지를 하고 먼 데 산을 쳐다본다

            -「사슴」전문

 노천명은 자신의 분신인 사슴을 '점잖다', '향기롭다', '높다' 등의 수식어로 형용사로 표현함으로써 고독을 점잖음, 순결, 고상함과 동일시한다. '잃었던 전설' 이란 자신이 '무척 높은 족속' 이었음을 보여주는 우월감의 표현이다. 따라서 '먼 데 산' 을 바라보는 사슴은 자기 연민 혹은 자기애의 상징일 뿐이다. '먼 데 산' 은 시공간적으로 미래를 향해 있지 않고, 실제로는 존재하지 않는 향수 어린 시절을 의미한다. 그러나 이러한 생각은 근거 없고 막연한 자기 암시이며 위안일 뿐이다. '모가지가 길다' 는 것은 땅에서 멀어져 있음을 뜻하고 그만큼 현실에 적응하지 못함을 의미할 뿐인 것이다.

변변치 못한 화(禍)를 받던 날
어린애처럼 울고 나서
고독을 사랑하는 버릇을 지었습니다

번잡이 이처럼 싱크러울 때
고독은 단 하나의 친구라 할까요

379 ·

> 그는 고요한 사색의 호숫가로
> 나를 달래 데리고 가
> 내 이지러진 얼굴을 비추어줍니다
>
> -「고독」 부분

 '나'가 고독을 사랑하게 된 것은, 스스로 변변치 못하기 때문에 일어난 궂은 일을 당하고 난 후 '어린애처럼' 울고 나서이다. 나에게 일어난 '화(禍)'는 스스로 자초한 일이고, 화자는 그 일에 '어린애처럼' 울어버리는 것으로 대응한다. 모든 일의 원인과 결과를 자신 안에서만 찾으려는 주관적이고 폐쇄적인 사고가 엿보이는 대목이다. 스스로가 자초한 불행에 대해 '나'는 적극적으로 대항하지 않고 울고 고독 속으로 침잠하는 소극적인 방식을 택한다. 노천명은 그러한 자신의 대응 방식을 '고요한 사색'이라고 표현하고 있다. '고요한 사색'은 '번잡이 이처럼 싱크러울 때'와 대조를 이루면서, 번잡하고 시끄러운 세상 사람들보다 고상하고 우월한 대응 방식임을 암묵적으로 강조하고 있다. 그럼으로써 그녀는 자신의 소극성과 폐쇄성을 고고함과 동일시하는 것이다. 이는 결국 자신에 대한 자학으로 연결된다.

> 오 척 일 촌 오 푼 키에 이 촌이 부족한 불만이 있다. 부얼부얼한 맛은 전혀 잊어버린 얼굴이다 몹시 차보여서 좀체로 가까이하기 어려워한다.
> 그린 듯 숱한 눈썹도 큼직한 눈에는 어울리는 듯도 싶다마

는……

　전시대 같으면 환영을 받았을 삼단 같은 머리는 클럼지한 손
에 예술품답지 않게 얹혀져 가냘픈 몸에 무게를 준다. 조그마한
거리낌에도 밤잠을 못자고 괴로워하는 성격은 살이 머물지 못하
게 학대를 했을 게다.

　꼭 다문 입은 괴로움을 내뿜기보다 흔히는 혼자 삼켜버리는 서
글픈 버릇이 있다 세 온스의 '살'만 더 있어도 무척 생색나게 내
얼굴에 쓸 데가 있는 것을 잘 알건만 무디지 못한 성격과는 타협
하기가 어렵다.
　처신을 하는 데는 산도야지처럼 대담하지 못하고 조그만 유언
비어에도 비겁하게 삼간다 대『竹』처럼 꺾어는 질망정
　구리『銅』처럼 휘어지며 구부러지기가 어려운 성격은 가끔 자신
을 괴롭힌다.
-「자화상」 전문

　그녀의 성격은 '대처럼 꺾어지기는 할 망정 구부러지기가 어려
운' 데다가 '조그마한 거리낌에도' 잠을 설칠 정도로 결벽하고 직
접적이다. 이처럼 강한 성격은 가부장적인 질서가 존립하는 사회
에서 사회 생활을 해나가는 데는 결정적인 단점이 아닐 수 없다.
그러나 엄격한 유교식 교육은 이러한 성격을 온전히 드러내지 않
고 소심하게 처신하고 삼가는 법을 지키도록 한다("처신을 하는 데
는 산도야지처럼 대담하지 못하고 조그만 유언비어에도 비겁하게 삼간

다"). 그럼으로써 그녀의 분노와 울분은 밖으로 표출되지 못하고 입을 꼭 다물어 '혼자 삼켜버리는' 것으로 마무리된다. 사회로 표출되지 못한 울분은 결국 자신에게로 돌려져서 '살이 머물지 못하게' 자신을 학대하는 것이다. 제도적인 모순을 자신의 기질 탓으로 돌려버림으로써 혼자만의 공간에 갇히는 것이다. 여기서 왜곡된 질서와 억압된 여성의 삶은 특수한 개인의 성격 문제로 희석되어버린다. 노천명의 시가 한 여성 엘리트의 독백으로 끝나버리는 것은, 그녀가 가부장제의 질곡을 특별한 개인이 겪는 기질적인 고통으로 받아들이고 있기 때문이다.

그러나 여성 정체성의 문제를 사회적인 것으로 확산시키지 못했다는 한계에도 불구하고, 노천명의 시는 여성의 삶을 구체적으로 형상화한 선구적인 시도였다는 데 의의가 있다. 여성에 대한 인식은 나혜석이나 김일엽의 시에서 부분적으로 드러나기는 하지만, 그것은 개인의 불만을 토로하는 수준에 지나지 않는 것이었다. 또한 노천명의 시 중에서 모더니즘적 경향을 보이는 시들은 당시 남성 모더니스트와는 구별되는 독특한 시선을 보여주기도 한다. 이런 면에서 노천명의 시에 대한 본격적인 연구는 지금부터 시작되어야 할 과제이기도 하다.

원본 노천명 시집

2013년 3월 10일 인쇄
2013년 3월 15일 발행

주 해 문 혜 원
펴 낸 이 박 현 숙
찍 은 곳 신화인쇄공사

110-320 서울시 종로구 낙원동 58-1 종로오피스텔 606호
TEL. 02-764-3018, 764-3019   FAX. 02-764-3011
E-mail : kpsm80@hanmail.net

펴낸곳 도서출판 **깊 은 샘**

등록번호/제2-69. 등록년월일/1980년 2월 6일

ISBN 978-89-7416-233-7

※ 잘못된 책은 교환해 드립니다.

값 15,000원